검은 개

BLACK DOGS
by Ian McEwan

이 도서의 국립중앙도서관 출판예정도서목록(CIP)은
서지정보유통지원시스템 홈페이지(http://seoji.nl.go.kr)와
국가자료공동목록시스템(http://www.nl.go.kr/kolisnet)에서 이용하실 수 있습니다.
(CIP제어번호: CIP2019013641)

BLACK DOGS

IAN McEWAN

검은 개

이언 매큐언

장편소설

권상미 옮김

문학동네

일러두기

1. 본문 중의 주석은 모두 옮긴이주입니다.
2. 고딕체는 원서에서 이탤릭체로 강조된 부분입니다.
3. 작가가 영어로 번역하지 않은 프랑스어의 경우 괄호 안에 그 의미를 밝혔습니다.

역시 그들을 보았던

존 쿡에게

말하자면 요즈음 나는 내가 원하는 게 뭔지 모르고 있네.

어쩌면 나는 내가 아는 것이 아니라, 내가 모르는 것을 원하는지도 모르지.

—마르실리오 피치노, 조반니 카발칸티에게 보내는 연서(1475)

차례

머리말

여덟 살 때 자동차 사고로 부모님을 잃고 난 이래, 나는 언제나 다른 사람들의 부모에게 관심이 있었다. 특히 내 친구들 중 많은 이가 자기 부모를 도외시하던 십대 시절에는 더욱 그랬는데, 나는 좀 외롭고 남의 것을 물려받는 식이긴 했지만 십대를 잘 보낸 편이었다. 우리 동네에는 자신의 농담이나 조언, 음식, 심지어 돈을 고맙게 여기는 열일곱 살짜리 소년과 기꺼이 가까이 지낼 만큼 마음이 허한 어머니 아버지가 적지 않았다. 동시에 나는 스스로 부모와 비슷한 역할을 하기도 했다. 하퍼라는 남자와 혼인하기 무섭게 파경으로 치달아가는 우리 누나 진의 결혼생활이 당시 내가 처한 환경이었다. 이 불행한 가정에서 내 보호를 받는 꼬마이자 나와 가장 가까운 친구였던 이는 누나의 외동 아이였던 세 살배기 조카 샐리였다. 누나 부부의 분노와 화해는 그 큰 아파트—누나가 유산의 절반을 상속받았고 내 몫은 신탁에 맡겨져 있었다—를 들었다 놓곤 했고 그때마다 샐리는 구석으로 처박히기 일쑤였다. 자연히, 나는 버려진 꼬마 소녀와 동질감을 느꼈고, 우리는 집 반대편에서 벌어지는 야만의 현장에 얼굴을 내밀고 싶지 않을 때면 가끔씩 샐리의 장난감과 내 레코드를 가지고 정원이 내다보이는 넓은 거실이나 조그만 주방에 숨었다.

샐리를 돌보는 건 내게 좋은 일이었다. 점잖은 태도를 유지하고 나 자신의 문제와 거리를 두는 데 도움이 되었다. 내가 그때처럼 뿌리가 있다고 다시 느끼게 된 것은 이십 년이나 더 지나서였다. 무엇보다도, 나는 누나와 매형이 나가고 없는 저녁 시간이 제일 좋았다. 특히 샐리가 잠들 때까지 책을 읽어주고 나서 스톡 꽃향기와 차량 먼지의 달콤한 냄새가 풍기는 거리를 향해 프렌치 윈도를 열어놓고 그 곁 탁자에서 숙제를 하던 여름이 좋았다. 나는 엘긴 크레센트의 더 비미시, 그러니까 '아카데미'라는 점잖은 명칭으로 불리고 싶어하지만 실은 입시학원인 그곳에 다니며 에이 레벨*을 준비하고 있었다. 공부를 하다가 눈을 들어보면 샐

* 영국에서 대학 입시를 위해 치르는 과목별 상급 시험.

리는 어두워져가는 방안에서 내 뒤쪽에 누워 이불이며 곰 인형을 다 차내고 팔다리를 쫙 벌린 채 널브러져 자고 있었는데, 자신의 세계가 선하다고 믿는 샐리의 완전히 잘못된 신뢰를 보여주는 듯했다. 그럴 때면 별안간 고통스러운 보호본능이 샘솟아 가슴이 아팠고, 나 자신이 아이를 넷이나 둔 것도 분명 바로 그 때문이었을 것이다. 이 점에 대해서 의구심을 품어본 적은 한 번도 없다. 어찌 보면 한번 고아는 평생 고아다. 그러므로 아이들을 돌보는 것은 한편으로는 자신을 돌보는 일이기도 하다.

누나는 가끔 예기치 않게 우리한테 들이닥쳤다. 죄책감에서, 또는 하퍼와 화해하고 난 후 갑자기 애정이 넘쳐서였는데 그럴 때면 누나는 샐리를 아기처럼 들어 꼭 껴안고는 부질없는 약속을 속삭이며 넓은 아파트의 자기들 방이 있는 반대쪽으로 데려갔다. 그러면 아무데도 속하지 못한 듯한 공허감이 엄습했다. 다른 애들처럼 조용히 어슬렁거리거나 텔레비전을 보는 대신에, 나는 살그머니 집을 빠져나가 어두운 밤길을 따라 래드브로크 그로브로, 당시 내게 가장 따스한 곳이었던 집을 찾아갔다. 이십오 년도 더 지난 지금 마음속에 떠오르는 이미지는 벽토를 바른 허여멀건 저택들이다. 페인트가 벗겨지던 집도 있고 대단히 단정한 집도 있었다. 그리고 포위스 스퀘어와 열린 문틈으로 새어 나오던 풍요로운 노란 불빛 정도가 떠오른다. 어둠 속에서 벌써 키가 180센티미터나 되는, 첼시부츠를 신고 터덜터덜 걸어다니는 허연 십대 소년의 모습이 불빛에 드러난다. 랭글리 아주머니, 안녕하세요? 번거롭게 해드려 죄송합니다. 토비 있나요?

대개 토비는 여럿이던 여자친구 가운데 하나와 놀러 나가거나 친구들과 펍에 가고 없었고 나는 죄송하다고 말하며 바깥 현관 계단을 뒷걸음질로 물러나왔다. 그러면 랭글리 아주머니가 "제러미, 그래도 들어오겠니?" 하며 나를 불렀다. "우리 재미없는 어른들하고 같이 한잔하자꾸나. 톰 아저씨도 널 보면 좋아하실 거야."

그러면 뻐꾸기 소년*은 예의상 사양하다가 안으로 들어서고, 복도를 따라가다보면 시리아의 단검, 주술사의 가면, 아마존의 쿠라레 독화살과 그 대통 따위가 걸려 있고 책이 빼곡한 거대한 응접실이 나온다. 마흔세 살인 토비의 아버지가 열어놓은 창문 옆 스탠드 아래 앉아 프루스트나 투키디데스, 하이네 등을 원서로 읽고 있다. 그는 미소 띤 얼굴로 일어나 악수를 청한다.

"제러미! 반갑구나. 나하고 스카치 한잔 하자꾸나. 거기 앉아서 이것 좀 들어보겠니? 어떻게 생각하는지 말해주렴."

그러고 나서 그는 내 학과목(프랑스어, 역사, 영어, 라틴어)

---

* 남의 둥지에서 다른 어미새의 보살핌 아래 자라는 뻐꾸기의 속성에 빗댄 비유.

에 관해 진지한 대화를 나누려는 열의에 차 읽고 있던 '꽃 핀 소녀들의 그늘에서'* 중 굉장히 난해한 대목으로 몇 페이지를 되돌아가고, 나 역시 뽐내고 인정받으려는 열의에 차 도전을 받아들였다. 그가 기분좋게 내 대답을 정정해주고 나면 우리는 스콧 몬크리프**의 번역문을 참고하고, 그사이 랭글리 아주머니가 샌드위치와 차를 가지고 들어온다. 두 분은 샐리는 잘 있느냐고 묻고 만나본 적도 없는 우리 누나와 매형의 근황을 궁금해했다.

외무부 소속의 외교관이었던 톰 랭글리 씨는 세 차례의 해외 근무 후 집이 있는 화이트홀로 부임되어 왔다. 브렌다 랭글리 부인은 이 아름다운 집을 꾸리고 하프시코드와 피아노 교습을 했다. 비미시 아카데미에 다니던 내 친구들의 부모님처럼 두 분도 고학력에 유복했다. 평균적인 소득에 책과는 거리가 멀었던 내 배경에 비하면 얼마나 근사하고 바람직한 조합인가.

하지만 토비 랭글리는 부모님에게 고마워하는 마음이 전혀 없었다. 그들의 교양 있고 지적 호기심이 많은 열린 태도와 넓고 정돈된 제집을, 그리고 중동과 케냐, 베네수엘라에서 보낸 흥미로운 어린 시절을 지겨워했다. 녀석은 에이 레벨 두 과목(수학과

* 『잃어버린 시간을 찾아서』의 2부.

** 『잃어버린 시간을 찾아서』의 번역으로 유명한 영국 저술가.

인문학) 공부도 하는 둥 마는 둥이었고, 대학도 가고 싶지 않다고 했다. 셰퍼즈 부시 쪽의 새 고층 아파트에 사는 친구들을 사귀었고, 여자친구들은 끈적이는 무언가를 잔뜩 발라 머리를 높이 틀어올리고 식당에서 서빙을 하거나 상점에서 종업원으로 일했다. 토비는 동시에 여러 여자와 사귀는 것으로 혼돈과 말썽을 찾아다녔다. 멍청한 버릇까지 들어선 t 발음을 완전히 먹어버리지 않나, think를 fink라고 하지 않나, I said to him이라고 해야 할 때 I goes to him이라고 하더니* 그런 게 완전히 굳어져버렸다. 친구였으니 말은 안 했지만 토비도 내가 못마땅해하는 걸 눈치채고 있었다.

나는 토비가 나가고 없을 때마다 녀석을 찾는 척했고, 랭글리 부인도 의례적으로 "그래도 좀 들어오지 그러니"라는 말로 공모하긴 했지만 포위스 스퀘어에서는 늘 환영받는 존재였다. 때때로 토비가 제멋대로인 점에 대해서 어떻게 생각하는지 친구로서 의견 개진을 요청받으면 그가 "자신을 찾아야 한다"며 의리 없이 건방진 소리를 떠들어댔다. 이와 비슷하게 나는 신프로이트파 정신분석학자였던 실버스미스 부부의 집에도 자주 드나들었다. 두 분은 섹스에 관해 흥미로운 생각이 많았고 미국 제품 사

* 런던의 젊은 층과 서민층이 주로 쓰는 코크니 어투.

이즈의 큰 대형 냉장고에는 늘 진미가 가득했다. 자녀는 십대 셋으로 딸 둘에 아들 하나였는데 가게에서 좀도둑질을 하고 켄설라이스 쪽 놀이터에서 애들에게 돈을 뜯는 망나니들이었다. 마찬가지로 비미시 아카데미에서 알게 된 친구 조지프 뉴전트의 지저분하고 커다란 집에도 마음 편히 드나들었다. 조지프의 아버지는 해양학자로 아직 해도에 기록되지 않은 전 세계 해저에 파견되는 탐사대를 지휘했고 어머니는 〈데일리 텔레그래프〉 최초의 여성 칼럼니스트였는데, 조는 부모님이 말도 안 되게 따분하다고 생각하면서, 람브레타 스쿠터에 주렁주렁 매달린 헤드라이트나 닦는 게 제일 행복하다는 노팅 힐 패거리와 어울리길 더 좋아했다.

이들은 그저 내 부모가 아니어서 매력적으로 보였던 걸까? 하지만 아무리 생각해봐도 그렇다고는 못하겠다. 그분들은 누구나 좋아할 만한 사람이었으니까. 다들 흥미로운 분이었고, 나는 많은 것을 배웠다. 랭글리 집안에서는 아라비아사막에서의 번제 의식에 대해 배웠고 라틴어와 프랑스어가 늘었으며 골트베르크 변주곡도 처음 들었다. 실버스미스 집안에서는 다형도착에 대한 이야기를 들었으며 도라와 꼬마 한스, 늑대인간*의 이야기에 도

* 각각 프로이트의 정신분석 연구 사례.

취되고 훈제 연어와 베이글, 크림치즈와 랏케*와 보르시를 먹었다. 뉴전트 집안에서는 재닛이 프러퓨모 사건**의 전모를 들려주었으며 속기를 배우도록 나를 설득했다. 한번은 그녀의 남편이 잠수병으로 고생하는 남자의 흉내를 낸 적도 있었다. 모두 나를 어른으로 대했다. 내게 술을 따라주고 담배를 권하고 의견을 물었다. 다들 관대하고 느긋하며 에너지가 넘치는 사십대였다. 내게 테니스를 가르친 사람도 사이 실버스미스였다. 만일 이들 중 누구라도 내 부모였다면 분명 그분들을 더욱 좋아했으리라 확신한다.

만일 부모님이 살아 계셨다면 나도 다른 아이들처럼 자유를 찾아 규율을 깨지 않았을까? 이번에도 그렇다고는 못하겠다. 친구들이 추구하는 것은 내가 보기에 자유의 정반대, 그러니까 마조히스트처럼 신분 사다리의 아래쪽으로 돌진하는 것이었다. 동갑내기 친구들, 특히 토비와 조는 짜증나도록 뻔하게도 내 가정환경을 아주 천국으로 생각했다. 악령의 소굴 같은 우리의 냄새나는 아파트며, 방탕한 늦은 아침의 진토닉 파티며, 그 세대에 제일 처음 미니스커트를 입었던 진 할로***와 닮은 예쁜 골초 누나,

* 감자를 갈아 팬케이크처럼 구워낸 유대교 전통 음식.

** 1963년 영국을 들썩이게 만든 섹스 스캔들.

*** 1930년대 섹스 심벌이었던 미국 배우.

망치와 채찍이 난무하는 그 드라마틱한 결혼생활, 그리고 가죽 마니아에다가 울룩불룩한 팔뚝에 거들먹거리는 어린 수탉 문신을 검은색과 붉은색으로 새겨놓은 사디스트 매형 하퍼, 내 방이나 입성이나 식습관이나 행방이나 학업이나 장래성이나 정신건강, 치아건강이든 뭐든 상태가 어떻건 잔소리할 사람 하나 없는 상황까지. 내가 뭘 더 바라겠는가? 바랄 거 없지, 저 껌딱지 조카만 없으면 딱인데, 녀석들은 그렇게 덧붙였을 것이다.

우리 각자의 불만은 너무 대칭적이어서 한번은 어느 겨울 저녁에 이런 일도 있었다. 토비가 냉동실처럼 춥고 불결한 우리집 주방에서 느긋한 척 담배를 피우며 우리 누나한테 잘 보이려고 애쓰는 동안—누나가 서민인 척하는 토비를 질색했다는 건 말해둬야겠다—나는 녀석의 집에서 벽난로를 마주하고 편안한 체스터필드 소파에 앉아 토비 아버지의 싱글 몰트 위스키 한 잔을 손에 들고, 녀석이 문화적 강간의 상징이라고 성토했던 아름다운 부하라*에 신발 벗은 발을 올려두고는 톰 랭글리 씨의 이야기에 귀를 기울였던 것이다. 랭글리 씨가 치명적인 독을 지닌 거미와 카라카스 영국 대사관에 처음 부임했던 어느 삼등 서기관의 단말마에 대해 이야기하는 가운데, 홀 건너편 열린 문 너머에서

* 중앙아시아에서 유래해 이란, 파키스탄에서 주로 생산되는 러그.

는 브렌다가 당김음이 많은 스콧 조플린의 경쾌한 래그타임—당시는 그의 곡이 재발견되는 중이어서 아직 지겹도록 재탕되기 전이었다—을 치는 소리가 들려왔다.

이렇게 쓰고 보니 위에서 말한 많은 것이 나에 대해 좋지 못한 인상을 줄 것 같다. 토비처럼 말도 안 되는 상황에서 저와 이루어질 수 없는 정신 나간 예쁜 아가씨를 쫓아다니거나 녀석과 조와 실버스미스 집안 아이들처럼 동네를 어정거리는 것이 차라리 인생에 대한 더 적절한 의욕을 보여준다는 점, 그리고 열일곱 살 소년이 안락함과 어른들과의 대화에 심취하는 것이 따분해 보이겠다는 점은 알겠다. 그리고 인생의 이 시기를 설명하면서 내가 무의식적으로 거만하고 냉소적이었던 청소년기의 태도뿐 아니라 상당히 격식을 차리고 거리를 두는, 미로 같은 예전의 어조까지 여기저기서 흉내냈다는 점도. 이렇게 말하면 세상에 나 자신을 지식인으로 각인시킬 수 있겠거니 생각하고 당시 조금씩 읽었던 프루스트의 작품에서 엉성하게 따온 어조다. 그 시기의 나에 대해 내가 할 수 있는 말은, 당시에는 잘 깨닫지 못했지만 부모님을 굉장히 그리워했다는 것뿐이다. 나는 방어기제가 필요했다. 거만한 태도가 그중 하나였고, 다른 하나는 친구들의 행동에 대한 과장된 경멸이었다. 친구들은 기댈 곳이 있었기에 마음껏 방황할 수 있었지만 나는 그들이 버린 따스한 보금자리가 필요했다.

나는 여자 없이 지낼 각오가 되어 있었다. 한편으로는 공부하는 데 방해될 터이기 때문이었다. 나는 내 상황—누나와 매형 하퍼와 같이 사는 생활—에서 빠져나갈 수 있는 가장 확실한 방법은 대학이라고 올바르게 생각했고 그 때문에 에이 레벨이 필요했다. 나는 미친듯이 공부했다. 시험 준비기간도 되기 전부터 두 시간, 세 시간, 심지어 네 시간씩 밤늦도록 매달렸다. 이성관계에 소극적이었던 또다른 이유는 내가 열한 살, 누나가 열다섯 살이고 숙모와 같이 살던 무렵, 그 방면으로 첫발을 내디딘 누나가 너무 난잡한 성공을 거두었기 때문이다. 누나는 나와 같이 써야 했던 침실로 누가 누군지도 알 수 없는 수많은 남자를 들였고(결국 숙모는 우리 둘 다 내쫓았다) 그 때문에 나는 꽤 움츠러들었다. 그런 경험과 전문성이 남매간에 적절히 배분되었달까, 누나가 그 아름다운 팔다리를 내 세계지도에까지 뻗어—카프카의 표현을 빌리자면—'섹스'라고 표시된 영토를 지워버려서, 나는 카툴루스*나 프루스트나 포워스 스퀘어 같은 작은 외딴섬들을 여행하는 것이 고작이었다.

그리고 연애는 샐리와 한 셈이었다. 샐리와 있으면 책임감과

---

* 고대 로마의 서정시인.

함께 온전하다는 기분이 들었고 다른 사람은 누구도 필요치 않았다. 샐리는 피부가 유난히 뽀얀 어린 소녀였다. 아무도 샐리를 자주 데리고 나가지 않았다. 나는 학교에서 돌아오면 다시 나가고 싶은 마음이 전혀 없었고, 누나는 야외라면 질색했다. 샐리와 나는 대개 넓은 거실에서 놀았다. 샐리는 세 살짜리 특유의 명령조였다. "의자에 앉지 마! 여기 바닥에 나랑 같이 앉아." 우리는 병원 놀이, 소꿉놀이, 숲속에서 길을 잃은 놀이, 아니면 새로운 곳으로 항해하는 놀이를 했다. 샐리는 우리의 행선지와 동기, 갑작스러운 변신에 대해 숨가쁜 서사를 쏟아냈다. "삼촌은 이제 괴물이 아냐, 왕이야!" 그때 아파트 안쪽에서 하퍼가 분노에 길길이 뛰는 소리와 뒤이어 누나가 아파서 깽깽대는 소리가 들려오면 샐리는 크기만 작은 완벽한 어른의 찡그린 표정을 지었다. 타이밍도 완벽하게 잠깐 움찔했다가 어깨를 으쓱하고는 문법적인 문장 구사가 아직 어색한, 노래하는 듯 순수한 목소리로 말했다. "엄마랑 아빠는 참! 바보처럼 또 저러네!"

그리고 두 사람은 정말 바보였다. 하퍼는 교외생으로 인류학 학위를 따기 위해 공부하고 있다고 주장하는 경비원이었다. 그와 결혼했을 때 누나는 스무 살을 막 넘겼고 샐리는 생후 십팔 개월이었다. 이듬해, 제 몫의 유산이 들어오자 누나는 아파트를 샀고 그후로는 나머지 돈으로 살았다. 하퍼는 직장을 그만두었고 두 사람은 술을 마시고 싸우고 화해하며 종일 빈둥거렸다. 하퍼는 폭력성을 타고났다. 누나의 붉은 뺨이나 부은 입술을 보고 마음이 불편해서, 매형에게 도전장을 던지고 누나의 명예를 지켜줄 수 있는 남자다운 방법이 뭘까 생각한 적도 몇 번 있었다. 하지만 주방으로 갔더니 누나는 식탁에 앉아 잡지를 읽으며 담배를 피우고 하퍼는 붉은 손찌검 자국 대여섯 개가 선명한 엉덩이를 훤히 내놓은 채 보라색 국부 보호대만 걸친 알몸으로 싱크대에 서서 겸손하게 설거지하는 광경을 본 적도 있었다. 나는 그들이 내 이해의 범위를 벗어나 있다는 데 오히려 감사하며 내가 이해할 수 있는 세계인 거실로, 샐리와의 놀이로 물러났다.

누나와 하퍼의 폭력이 내 조카에게까지 손을 뻗쳤다는 걸 왜 내가 알지도 추측하지도 못했는지 도무지 납득이 되지 않는다. 샐리가 이십 년이 지나서야 누군가에게 처음 그 얘기를 했다는 점은 고통이 아이를 얼마나 고립시킬 수 있는지를 보여준다. 당시 나는 어른이 어떻게 아이에게 손찌검을 할 수 있는지 몰랐는데, 어쩌면 알고 싶지 않았는지도 모르겠다. 나는 곧 떠날 예정이었고 벌써 죄책감이 옥죄기 시작했다. 그해 여름 끝 무렵, 내 열여덟 살 생일 얼마 후에는 하퍼도 영영 떠나고 나는 에이 레벨 점수도, 옥스퍼드 입학 허가도 받은 뒤였다. 한 달 후, 아파트에서 친구의 밴으로 책과 레코드를 옮길 때 나는 미친듯이 기뻐했던 것 같다. 이 년에 걸친 계획이 성공했고 나는 집을 나와 자유의 몸이 되었다. 하지만 우리의 거실과 인도 사이를 오가던 나를 따라다니며 끈질기게 던지던 샐리의 의심에 찬 질문들은 배신에 대한 통렬한 비난이었다. "삼촌, 어디 가? 왜 가? 언제 돌아와?" 회피하는 나의 태도를, 응고된 침묵을 감지한 샐리는 마지막 질문을 거듭했다. 그리고 샐리가 나를 다시 꾀어들이기 위해, 역사학 학위에서 나를 돌려세우기 위해 너무나 깜찍하게, 너무나 낙천적으로 이러지 말고 '새로운 곳으로 항해하기' 놀이를 하자는 제안을 했을 때 나는 그만 한아름 안고 있던 책을 내려놓고 밴으로 도망쳐 조수석에 앉아 울고 말았다. 나는 샐리가 지금 어떤 기분인지, 장차 어떤 기분일지 너무도 잘 안다고 생각했다. 정오가 다 되었는데도 누나는 아직 하퍼가 떠난 슬픔을 달래주던 진토닉과 알약에 취해 곯아떨어져 있었다. 떠나기 전에 누나를 깨우긴 했지만, 어떤 중요한 면에서 샐리는 이제 혼자였다. 그후로도 오랫동안.

그다음에 이어진 삶에서는 샐리도, 누나도, 하퍼도 아무 역할을 하지 않았다. 랭글리 가족도, 뉴전트나 실버스미스 가족도. 나는 그들 모두를 뒤로하고 떠났다. 죄책감이, 샐리를 배신했다는 마음이 나를 노팅 힐로 돌아갈 수 없게 만들었다. 단 한 번의 주말조차도. 샐리와 다시 한번 이별하는 건 견딜 수 없었다. 나 자신이 고통받았던 바로 그 상실의 상처를 샐리에게 준다는 생각만으로도 외로움은 더 절절해졌고, 그 때문에 첫 학기의 흥분도 사라졌다. 나는 조용히 우울한 학생이, 동기들 사이에서 있는 듯 없는 듯한 재미없는 학생이 되어버렸고 다름아닌 자연의 법칙에 따라 친구 사귀기 과정에서 배제된 것처럼 보였다. 나는 가장 가까운 보금자리를 찾아 나섰다. 이번에는 노스 옥스퍼드에 있는 아버지처럼 자상한 지도교수 부부의 집이었다. 나는 그곳에서 잠시 빛이 났고 몇몇 사람들에게 똑똑하다는 소리도 들었다. 하지만 그것도 내가 먼저 노스 옥스퍼드를, 그리고 네번째 학기에 아예 대학을 떠나는 걸 막지는 못했다. 그후로도 수년 동안 나는 줄곧 떠나기만 했다. 살던 곳과 직장과 친구와 애인을. 이따금 누군가의 부모와 친구가 되는 것으로 아무데도 소속되지 못했다는, 잦아들지 않는 유치한 감정을 달래기도 했다. 나는 들어오라고 초대되었고, 그러면 다시 생기를 찾았고, 그런 다음에는 떠났다.

이 못난 광기는 삼십대 중반 제니 트리메인과 결혼하면서 끝났다. 나는 존재하기 시작했다. 실비아 플라스의 표현을 빌리자면 사랑이 나를 앞으로 나아가게 했다. 나는 완전히 생기를 되찾았다. 아니, 그제야 인생이 내게 찾아왔다. 나는 샐리와의 경험을 통해 잃어버린 부모를 되찾는 가장 간단한 방법은 자신이 부모가 되는 것임을 배웠어야 했다. 내 안의 버려진 아이를 구조하기 위해서는 사랑할 내 자식을 갖는 것보다 더 좋은 방법이 없다는 걸 배웠어야 했다. 그리고 이제 더는 부모가 필요 없어졌을 때 나는 준과 버나드 트리메인을 혼인으로 맺어진 새 부모로 맞게 되었다. 하지만 보금자리는 없었다. 내가 처음 만났을 때 두 분은 각자 다른 나라에서 살고 있었고 서로 말도 거의 섞지 않는 관계였다. 이미 오래전 프랑스 남부 산간벽지로 들어간 장모 준은 내 결혼 직후 심하게 아팠다. 아직 유명인사였던 버나드는 손님 접대 같은 일이 생기면 모두 레스토랑에서 해결했다. 둘 다 자녀들은 거의 만나지 않았다. 제니와 두 남동생은 부모에 대해 희망을 버린 터였다.

평생 습관은 쉽게 지워지지 않는 법이다. 제니는 퍽 짜증스러웠겠지만 나는 장인 장모와의 유대감을 고집했다. 수년에 걸친 그들과의 대화를 통해서 나는 깨달았다. 여덟 살부터 서른일곱 살까지 나를 괴롭혔던 마음, 어디에도 누구에게도 속하지 않았다는 정서적인 공허함은 내게 지적으로 큰 영향을 미쳤다. 나는 애착이 없고 아무것도 믿지 않았다. 그것은 내가 의심 많은 사람이어서도 아니고 이성적인 호기심이라는 쓸모 있는 회의론으로 무장하거나 모든 주장을 다양한 각도에서 바라봐야 한다는 입장을 견지해서도 아니다. 내게는 대단한 대의도, 항구적인 원칙도,

이렇다 할 근본적인 사상도 없었고, 진심으로, 열렬히 혹은 조용히 옹호할 수 있는 초월적인 존재도 없었다.

준이나 버나드는 달랐다. 그들은 공산주의자로 함께 출발해서 각자의 길을 갔다. 하지만 신념에 대한 그들의 능력이나 욕구는 결코 줄어들지 않았다. 버나드는 재능 있는 곤충학자였다. 그는 평생 과학의 제한적인 확실성과 당당함을 굳게 믿었다. 공산주의를 버린 후에는 삼십 년간 사회 정치 개혁의 여러 대의를 헌신적으로 옹호했다. 준은 1946년 두 마리 개의 형태로 나타난 악惡과의 조우를 통해 신을 만났다. (버나드는 그 사건을 이렇게 표현하는 것을 너무나 창피하게 여겼다.) 어떤 사악한 원칙이 있다. 인간의 만사를 주관하며 주기적으로 나타나 개인이나 국가의 삶을 지배하고 파괴했다가 철수해 다음 기회를 기다리는 힘. 이와 반대로 선하고 전능하며 우리 모두에게 내재되어 다가갈 수 있는 빛나는 영성이 불과 한 발짝 거리에 있다. 둘은 어쩌면 한 발짝 거리에 있다기보다는 동시에 인식되는 것이었다. 준은 두 원칙이 그녀의 유물론적 정치관과 양립 불가능함을 느끼고 당을 떠났다.

준의 검은 개들을 강력한 상징, 즉 편리한 캐치프레이즈로 여길지, 뭐든 잘 믿는 성격의 증거로 볼지, 아니면 실존하는 어떤 힘의 현현으로 받아들여야 할지 나는 말할 수 없다. 이 회고록에는 나 자신의 삶—베를린, 마이다네크, 레살스, 그리고 생모리스드나바셀—에서 일어난 일도 포함했고 그것들은 버나드의 방식으로도, 준의 방식으로도 해석할 수 있다. 버나드와 준은 각각 합리주의자와 신비주의자, 인민위원과 요기yogi, 활동가와 기권자, 과학자와 직관론자이며 한 쌍의 양극단이다. 내 회의懷疑는 둘 사이의 매끄러운 축을 따라 미끄러지며 결코 쉬지 못한다. 버나드와 함께 있으면 그의 견해가 이 세상을 설명하기에는 무언가 부족하고 그 열쇠를 쥐고 있는 것은 준이라는 느낌을 받았다. 그의 확신에 찬 회의론, 불굴의 무신론은 나를 움츠러들게 만들었다. 그것은 너무 오만하고 너무 폐쇄적이며 너무 많은 것을 부정했다. 준과의 대화에서는 내가 버나드와 비슷하게 사고한다는 걸 알게 되었다. 준의 신앙 표현이 숨막혔고, 자신들은 신앙이 있기에 선하고 신앙은 미덕이며 그러므로 불신은 무가치하거나 좋게 봐줘야 불쌍하다고 믿는 모든 신앙인의 무언의 가정이 불편했다.

합리적인 사고와 영적인 통찰은 별개의 영역이며 두 가지가 반목한다는 것은 잘못된 생각이라고 주장해봐야 소용없는 짓이다. 버나드와 준은 결코 양립할 수 없는 생각들을 내게 말한 적이 많았다. 가령, 버나드는 인간사에는 인간의 정신이 부과하지 않는 한 어떤 방향도 패턴도 운명도 없다고 확신했다. 준은 그런 견해를 받아들이지 못했다. 삶에는 소명이 있고 우리가 여기에 마음을 여는 게 좋다는 것이었다. 이 두 견해가 모두 맞다고 해도 소용없을 것이다. 모든 것을 믿고 아무 선택도 하지 않는 것은 내 생각에 아무것도 믿지 않는 것과 다를 바 없다. 새천년을 맞는 이 시점에 우리의 문명이 너무 많은 신념의 저주를 받은 것인지 아니면 너무 적은 신념의 저주를 받은 것인지, 문제의 원인이 버나드와 준 같은 사람들인지 나 같은 사람들인지 나는 잘 모르겠다. 하지만 사랑이 삶을 변화시키고 되찾게 하는 가능성을 믿는다고 선언하지 않는다면 그 또한 내 경험을 배반하는 일일 터이다. 이 회고록을 내 아내 제니, 그리고 아직도 어린 시절의 상처로 고통받는 조카 샐리에게 바친다. 샐리도 이런 사랑을 발견할 수 있기를 바란다.

나는 자녀들이 자신을 지키기 위해 부모에게 어느 정도 등을 돌린, 분열된 가족의 사위가 되었다. 삐꾸기 노릇을 하는 내 기질을 제니와 동생들은 못마땅해했는데, 그 점은 사과하고 싶다. 내 멋대로 몇몇 사실을 이용했고, 특히 심한 경우 당사자가 기록에 남길 의향이 없었던 대화를 공개하기도 했다. 하지만 그러고 보면 내가 '회고록 작업중'이라고 주변 사람들에게, 심지어 나 자신에게 분명히 해둔 적도 너무 적으니 몇몇 자의적 처리는 불가피했다. 준의 유령이, 그리고 버나드의 유령—만일 그의 의식에서 어떤 정수가 그의 신념에 반해 고집스레 살아남아 있다면—도 나를 용서해주길 바란다.

1부

윌트셔

준 트리메인이 침대 곁 사물함 위에 액자에 넣은 사진을 놓아 둔 이유는 방문객뿐 아니라 자신에게 한 젊은 여자의 존재를 상기시키기 위해서였다. 사진 속 여자의 예쁜 얼굴에서는 남편과 달리 앞으로 어떤 방향으로 전환이 일어날지 조짐을 전혀 알 수 없다. 그 사진은 1946년 두 사람의 결혼식 하루이틀 뒤이자 이탈리아와 프랑스로 신혼여행을 떠나기 일주일 전으로 거슬러올라간다. 신혼부부는 대영박물관 입구 부근의 난간 곁에서 팔짱을 끼고 있다. 둘 다 근처에 직장이 있었고 여행을 떠나기 며칠 전까지만 해도 아직 일을 그만둘 수 없었으니 아마 점심시간이었던 모양이다. 두 사람은 혹시라도 사진 가장자리에서 잘릴까 염려되었는지 서로를 향해 몸을 숙이고 있다. 카메라를 향한 두 사람의 표정은 진정한 기쁨의 미소다. 버나드는 못 알아볼 수가 없다. 190센티미터에 가까운 장신에 엄청나게 큰 손발, 사람 좋아 보이는 터무니없이 큰 턱은 그때도 마찬가지였고 큰 술잔 손잡이처럼 생긴 귀는 군대식으로 짧게 깎은 머리 때문에 더 우스꽝스러워 보였다. 사십삼 년의 세월은 예측 가능한 손상, 부수적인 변화—머리숱이 적어지고 눈썹이 짙어지고 피부가 거칠어졌다—만 가져왔을 뿐 몸놀림이 서툰 버나드라는 거한은 본질적으로 똑같은 사람이었다. 1946년이나 베를린으로 같이 좀 가달라고 했던 1989년이나 똑같이 무시무시한 유령 같은 인상이었다.

하지만 준의 얼굴은 그녀의 인생만큼이나 원래 예정되었던 경로에서 벗어나버렸고, 그래서 누군가 방에 들어설 때면 선하게 활짝 미소짓는 준의 나이든 얼굴을 옛 사진에서는 찾아보기 어렵다. 사진 속 스물다섯의 여인은 다정한 둥근 얼굴에 유쾌한 미소를 띠고 있다. 신혼여행을 위해 새로 한 파마머리는 너무 뽀글거리고 너무 단정해 그녀에게 전혀 어울리지 않는다. 봄 햇살이 이미 삐져나오기 시작한 머리카락을 비추고 있다. 그녀는 어깨에 힘을 준 짧은 재킷과 한 벌인 주름치마를 입고 있다. 전후의 뉴룩*

* 1947년 디오르의 첫 컬렉션에서 선보인 스타일. 비싼 천을 풍부하게 사용해 여성성을 강조했다.

과도 닿아 있는, 옷감으로 표현된 소심한 허영이라고나 할까. 흰 블라우스는 와이드 브이넥으로 가슴골까지 과감하게 파여 있다. 블라우스 깃은 재킷 밖으로 나와 있어 랜드걸* 포스터의 전형적인 영국 미인처럼 쾌활한 인상을 준다. 준은 1938년부터 애머셤 사회주의자 사이클링 클럽 회원이었다. 한 팔로 핸드백을 옆구리에 끼고 다른 팔은 남편과 팔짱을 끼고 있다. 버나드에게 기댄 그녀의 머리는 그의 어깨에 한참 못 미친다.

사진은 지금 랑그도크에 있는 우리집 주방에 걸려 있다. 나는 자주, 보통은 혼자 있을 때 그 사진을 찬찬히 들여다본다. 준의 딸이자 내 아내인 제니는 내게 집착하는 습성이 있다며 자기 부모에 대한 엄청난 관심을 성가셔한다. 부모에게서 해방되느라 오랜 시간이 걸렸으니 내 관심 때문에 다시 그리로 끌려들어갈지 모른다고 느끼는 것도 무리는 아니다. 나는 사진에 얼굴을 바짝 대고 미래의 삶을, 미래의 얼굴을, 뛰어난 용기를 보여주었던 사건 뒤 생긴 외골수 같은 모습을 찾아본다. 발랄한 미소는 매끈한 이마에, 미간에 잔주름을 만들어놓았다. 이후 콧대에서 똑바로 올라가 이마를 양분한 이 깊은 주름은 얼굴에 난 주름들 사이에

* 2차세계대전 당시 병사들에게 충분한 식량을 공급하기 위해 농장에서 봉사했던 여성들.

서도 특히 도드라져 보였다. 미소 아래 완고함이 숨어 있고 턱선 밑에 단호함과 뚜렷한 자기 견해가, 미래에 대한 과학적인 낙관주의가 묻혀 있다는 것은 어쩌면 그저 내 상상인지도 모르겠다. 사진은 준과 버나드가 그래튼가街 당사에서 영국 공산당 당원으로 가입했던 날 아침 찍은 것이다. 두 사람은 퇴사를 앞둔 시점이어서 전시에 주저했었던 것과 달리 정치적 신념을 밝힐 수 있었다. 많은 이가 당의 우유부단에 의구심을 표명했고—반反파시즘이라는 대의를 위한 숭고한 해방 전쟁이었는가, 아니면 제국주의적 약탈을 위한 침략이었는가—일부 당원이 탈당하던 때였다. 준과 버나드는 바로 이때 입당을 감행했다. 전쟁과 계급 억압이 없는 건전하고 정의로운 세상에 희망을 품기도 했지만 당에 소속되는 것으로 젊고 활기차고 지적이고 과감한 모든 것과 이어질 수 있다고 생각했던 것이다. 이들은 곧 영국해협을 건너 당시 혼돈에 휩싸여 있던 북유럽으로 떠날 예정이었다. 주변에서는 만류했지만 두 사람은 개인적, 지리적인 면에서 새로이 주어진 자유를 시험해보겠다는 단호한 결심에 차 있었다. 두 사람은 칼레에서 시작해 지중해의 봄을 찾아 남쪽으로 내려갈 예정이었다. 세상은 달라졌고 평화로웠으며 파시즘은 논박의 여지 없이 자본주의가 붕괴 직전의 위기라는 증거였고 선의의 혁명이 머지않았으며, 두 사람은 젊고 신혼이었고 사랑에 빠져 있었다.

버나드는 번민을 거듭하면서도 당원으로 남았으나 1956년 소련이 헝가리를 침공하자 진작 탈당했어야 했다고 생각했다. 이 전향은 충분히 입증된 논리적 귀결이자, 당대에 모두가 느꼈던 환멸의 역사였다. 그러나 준은 신혼여행지에서 이 회고록의 제목이 비롯된 그 대결을 겪을 때까지 불과 몇 달 동안만 당적을 유지했다. 준의 경우는 근본적인 전환이었고, 얼굴의 변화를 통해 나타난 영혼의 재탄생이었다. 동그란 얼굴이 어쩌면 저렇게 길어졌지? 미소지을 때 눈썹이 올라가며 생긴 주름이 뿌리를 내리고 이마 꼭대기까지 뻗어가는 주름의 나무로 자라난 것은 정녕 유전자가 아니라 그녀의 삶 때문이었을까? 그녀의 부모님은 노년에 접어들어서도 그렇게 괴상한 주름이 생기지 않았다. 요양원에 자리를 잡은 말년에 준은 나이든 오든*에 버금가는 얼굴이 되었다. 마치 수십 년에 걸쳐 지중해의 햇살을 받아 살결이 거칠어지고 뒤틀린 듯, 수십 년에 걸친 고독과 사색으로 생김새가 왜곡되고 구겨진 듯했다. 코는 얼굴과 함께 길어지고 마찬가지로 길어진 턱은 마음을 바꿔 바깥쪽으로 점점 휘어지는 것으로 회귀를 시도한 것처럼 보인다. 편히 있을 때면 그녀의 얼굴은 윤곽이 뚜렷했고 죽은 사람 같은 모습이었다. 그것은 흡사 조각

* 저명한 영국계 미국 시인 위스턴 휴 오든.

이었고, 주술사가 악령을 물리치기 위해 깎아놓은 가면이었다.

이 마지막 말은 어쩌면 얼마간 진실인지도 모른다. 그녀는 자신이 악의 상징적인 형태에 맞섰으며 시험에 들었다는 스스로의 확신을 보여주기 위해 얼굴을 그렇게 만들었는지도 모른다. "아니, 자네도 참 멍청하긴. 상징적이라니!" 내 말을 고쳐주는 준의 음성이 들리는 듯하다. "문자 그대로, 실제로 일어난 사실이야. 내 말 모르겠어? 난 죽을 뻔했다니까!"

실제인지 아닌지는 모르겠지만 1987년 봄과 여름 내가 요양원으로 준을 찾아갔을 때는 언제나 비가 오고 바람이 거셌던 것으로 기억한다. 어쩌면 그런 날은 하루뿐이었는데 다른 날들도 모두 그랬던 것처럼 기억하는지도 모르겠다. 나는 옛 마구간 자리 옆에 있던, 너무 멀리 떨어진 주차장에서 매번 그곳—오래된 빅토리아풍의 시골 저택이었다—으로 뛰어들어갔던 것 같다. 마로니에 나뭇가지는 노호하며 부르르 떨었고, 웃자란 잔디는 은빛 표면을 위로 내놓고 땅에 납작 엎드려 있었다. 겉옷을 머리 위로 당겨 덮어도 몸이 축축이 젖었고 이번 여름도 실망스럽다는 생각에 짜증스러워 열이 났다. 나는 입구의 홀에서 걸음을 멈추고 숨을 고르며 분이 가라앉도록 기다렸다. 그저 비 때문이었을까? 준을 만난다는 생각에 기뻤지만 그 장소는 나를 의기소침하게 만들었다. 노후함이 뼈저리게 느껴지는 곳이었다. 떡갈나무 효과를 낸 목판이 사방 벽에 둘러쳐져 있고 붉은색과 누런 흙빛의 역동적인 소용돌이무늬 카펫은 내 눈을 공격하고 호흡곤란을 일으켰다. 장기요양원 특유의 방화문 시스템으로 오래 묵은 공기는 체취와 옷, 향수, 아침식사로 나온 튀김 냄새를 고스란히 머금고 있었다. 산소가 부족해서 하품이 난다. 내가 이 방문을 버텨낼 힘이 있을까? 아무도 없는 안내 데스크를 수월하게 지나 복도를 배회하다보면 가지런히 정돈된 침대가 있는 빈방이 나타날 것이다. 그러면 나는 요양원 침대로 쏙 들어가 누울 것이다. 수속 절차는 나중에, 고무바퀴가 달린 트롤리에 저녁식사가 실려왔을 때 일어나서 밟아도 될 터였다. 그 다음에는 진정제를 먹고 다시 조는 것이다. 수년이 그렇게 흘러갈 터이다……

여기에 생각이 미치자 가벼운 공황이 일면서 내가 이곳을 찾은 목적을 떠올리게 해주었다. 나는 안내 데스크로 가서 손바닥으로 벨을 눌렀다. 호텔에서 쓰는 이 고풍스러운 벨은 또하나의 실패작이었다. 의도한 분위기는 전원의 휴양시설인데 결국 지나치게 큰 민박집이 되어버렸다고 할까. 다이닝룸의 자물쇠로 잠긴 수납장이 곧 '바'이고 일곱시부터 딱 한 시간만 여는 그런 곳 말이다. 그리고 이런 엉뚱한 외관 뒤에는 현실이 있다. 광고지에서 공공연히 인정하는 법은 없지만, 이곳은 장사가 잘되는 말기 환자 전문 요양원이라는 사실이 바로 그것이다.

보험증서에서 눈에 잘 띄지 않는 세부 항목을 놓친 탓에, 그리고 보험사가 놀랍도록 엄격한 탓에 준은 원하던 호스피스 시설로 갈 수 없었다. 그보다 몇 년 전 준이 영국으로 돌아오는 일부터가 모든 면에서 몹시 복잡하고 괴로웠다. 모든 것이 확정되기까지 우리가 택한 경로는 고통스러웠다. 중간에 전문가의 소견이 번복되면서 준이 불치병, 즉 일종의 희귀 백혈병에 걸렸다는 진단이 있었고, 버나드의 번민도 있었다. 준의 물건을 프랑스에서 가져와 원치 않는 쓰레기를 분류해내는 일. 재정, 재산, 거취 문제. 보험사와 법정 싸움 끝에 두 손 들었던 일. 준 소유의 런던 아파트를 처분하며 맞닥뜨린 일련의 어려움. 손에 치유력이 있다는 못 미더운 노인에게 치료를 받으러 오랜 시간 차를 타고 북부로 갔던 일도 있었다. 준은 노인을 모욕해 바로 그 치유의 손으로 따귀를 맞을 뻔했다. 내 결혼생활의 첫해는 완전히 그늘에 가려졌다. 제니와 나는 제니의 동생들이며 장인 장모의 친구들과 함께 이 회오리에 휩쓸렸다. 우리가 효율적으로 처리하고 있다고 착각했던 그 모든 과정이 실은 엄청난 신경전이자 소모전이었다. 제니가 우리의 첫아이 알렉산더를 출산한 1983년에야 우리—적어도 제니와 나—는 제정신으로 돌아올 수 있었다.

안내 직원이 나타나 서명하라며 방명록을 주었다. 오 년이 지났지만 준은 아직 살아 있다. 그녀는 토트넘 코트 로드에 있는 자기 아파트에 머물 수도 있었다. 프랑스에 남았어야 했는지도 모른다. 버나드가 말하길, 준은 죽는 데 나머지 가족들만큼이나 뜸을 들이고 있었다. 하지만 아파트는 팔렸고 제반 수속도 다 끝났으며, 준이 인생에 둘러쳤던 혼자만의 공간은 우리의 상당한 노력으로 채워진 채 문이 닫혔다. 그녀는 직원이고 죽어가는 환자들이고 그림도 책도 없는 휴게실의 반들반들한 벽에 걸린 텔레비전에서 쿵쿵 울려대는 드라마와 퀴즈쇼나 잡지 따위로 위안을 얻는 요양원을 택했다. 우리의 요란한 수속 처리 따위는 회피일 뿐이었다. 아무도 그 끔찍한 사실에 대해 곰곰이 생각해보려 하지 않았다. 준을 빼고는 아무도. 프랑스에서 돌아온 후, 그리고 요양원이 수배되기 전 준은 버나드의 집에 머물며 끝내고자 했던 집필 작업을 했다. 그녀가 만들어 널리 읽힌 팸플릿 『열 가지 명상』의 내용도 분명 몸소 실천했을 것이다. 현실의 문제는 우리가 돌아다니며 처리하는 것으로 만족했다. 기력이 의학적 예상보다 훨씬 더 느리게 쇠하는데도 체스트넛 리치 요양원을 자기 몫으로 받아들이는 것 역시 만족했다. 그녀는 다시 세상 속으로 나가고 싶어하지 않았다. 자기 삶이 간소해져서 유용하다고, 텔레비전에 빠진 사람들과 한집에 고립되어 사는 것이 자신에게 맞는다고, 심지어 도움이 된다고 주장했다. 게다가 그게 자기 운명이라고.

버나드의 말과 달리, 1987년이 되자 그녀는 사위어갔다. 그해에는 낮에도 잠든 채 보내는 시간이 훨씬 더 많았다. 본인은 아닌 척했지만 그녀가 쓰는 글이라곤 노트에 끄적이는 것이 전부였고 그마저도 얼마 되지 않았다. 가까운 마을로 난 한적한 숲길 산책도 더는 하지 않았다. 준은 예순일곱이었다. 나는 마흔이 되어서야 장년의 여러 단계를 구분할 수 있게 되었다. 그전에는 육십대 끝자락이면 아프고 죽어가는 게 그냥 당연하다고 여기던 때가 있었다. 아프거나 죽지 않으려고 분투하고 불평해봐야 전혀 소용없다고 생각했다. 늙으면 죽는 거지. 사람이 지쳐 나가떨어지기까지는 어느 단계든—마흔이든 예순이든 여든이든—매달린다는 걸, 게임의 종반전에서 예순일곱은 시작에 불과할 수도 있다는 걸 나는 이제야 깨닫기 시작했다. 준에게는 아직 할일이 있었다. 프랑스 남부에서는 나이든 여인으로서 보기 좋은 모습이었다. 이스터섬 석상 같은 긴 얼굴을 밀짚모자로 가리고 초저녁에 정원을 돌아보는 느긋한 동작에는 자연스러운 권위가 있었고 그 지방 관습대로 오후면 낮잠을 잤다.

철망유리 방화문 밑을 지나 복도를 따라 홀 바깥까지 이어지며 공용공간은 모조리 덮어버린 소용돌이무늬의 역겨운 카펫을 밟으며 걸음을 옮기는데 준이 죽어간다는 사실을 내가 얼마나 깊이 서운해하는지 새삼 느껴졌다. 나는 저항했다, 그 사실을 받아들일 수가 없었다. 장모는 내게 수양어머니나 다름없다. 제니에 대한 사랑과 결혼이라는 습속, 운명이 내게 부여한, 삼십이 년이나 늦게 돌려받은 어머니.

이 년이 넘도록 나 혼자서 드문드문 문병을 갔다. 제니와 준은 침상 곁에서 이십 분간 나누는 대화마저 강행군처럼 느꼈다. 서서히, 결국은 너무 늦은 게 되어버렸지만 서서히 나는 준과의 두서없는 대화에서 내가 회고록을 쓰면 어떨까 하는 생각이 머릿속에 떠올랐다. 이 생각은 나머지 가족들을 당혹스럽게 했다. 제니의 동생 하나는 나를 말리려고 했다. 나는 잊힌 불화를 다시 헤집어 힘겹게 유지중인 휴전상태를 위협하고 싶어한다는 의심을 받았다. 준의 자식들은 자기 부모간의 차이라는 지겹도록 친숙한 주제가 얼마나 흥미로울 수 있는지 상상조차 못했다. 그들의 걱정은 불필요한 것이었다. 일상의 삶은 원래 마음대로 되는 것이 아니기에 내 설득으로 준이 과거 이야기를 차근차근 풀어놓게 되었을 즈음에는 벌써 마지막이 가까워져 방문 기회가 두 번밖에 남지 않았고, 처음부터 우리는 내 책의 진정한 주제에 대해 의견이 상당히 달랐다.

내가 가져간 봉지에는 소호 시장에서 산 신선한 리치와 몽블랑 검정 잉크, 보즈웰*의 1762년부터 1763년 일기, 브라질 커피, 값비싼 초콜릿바 대여섯 개 등 준을 위해 산 물건과 함께 내 노트가 있었다. 준은 녹음기 사용은 허락하지 않았다. 애증의 대상인 버나드와 관련해 무례한 말을 편하게 할 수 있기를 원했던 것 같다. 버나드는 내가 준을 만나고 왔다는 걸 알면 대개 전화를 걸어왔다. "그래, 그 사람 정신상태는 좀 어떻던가?" 준이 자기 이야기를 했는지, 어떤 식으로 했는지 알고 싶다는 뜻이었다. 나로 말할 것 같으면 준이 가끔 점잖지 못한 말을 했다는 위험한 증거가 담긴 녹음테이프를 몇 상자씩 서재에 보관할 필요가 없어 좋았다. 예를 들어, 회고록 아이디어가 자리잡기 한참 전에 준이 한번은 갑자기 목소리를 낮추더니 버나드의 온갖 결함의 핵심으로 "페니스 크기마저 작다"고 말해 충격을 준 일이 있다. 그 말을 글자 그대로 해석하고 싶지는 않았다. 준은 그날 버나드에게 화가 나 있었고, 확신컨대 버나드의 물건밖에 본 적이 없을 테니까. 나를 놀라게 한 것은 그녀의 표현 방식이었다. 버나드가 저민가**의 단골 상점에서 좀더 큰 사이즈를 주문하지 않는 이유는 순 고집불통이라서라는 말을 그렇게 한 것이었다. 노트에 쓴다면 이

* 『런던 일기』로 유명한 영국의 전기 작가.

** 남성복 매장이 모여 있는 런던 중심부의 거리.

언급은 줄임말로 암호화할 수 있다. 테이프에 녹음된 것은 명백한 배신의 증거로 벽장에 자물쇠를 채워 보관해야 했을 것이다.

준이 '다른 원우들'이라 불렀던 사람들과의 거리를 강조하듯, 그녀의 방은 복도 제일 안쪽이었다. 나는 방으로 다가가면서 발걸음을 늦췄다. 여기서, 이 천편일률적인 합판 문짝 안쪽에서 그녀를 보게 된다니 믿기지가 않았다. 준이 있어야 할 곳은 내가 그녀를 처음 보았던, 라벤더와 회양목이 자라는 황야 끝자락 그녀의 집이었다. 나는 손톱으로 문을 가볍게 톡톡 두드렸다. 내가 졸고 있었다고 생각하는 게 그녀는 싫었을 것이다. 책 속에 파묻힌 모습으로 보였으면 했을 것이다. 나는 좀더 세게 두드렸다. 부스스 움직이는 기척, 작은 웅얼거림, 침대 스프링이 삐걱대는 소리가 들렸다. 세번째로 노크했다. 잠시 정적, 목을 가다듬는 소리, 또 한번 정적, 그다음에야 들어오라는 말이 들렸다. 내가 들어설 때 준은 침대에서 똑바로 일어나 앉는 중이었다. 나를 못 알아보는지 입을 벌리고 멍하니 시선을 던졌다. 머리는 엉망이었다. 그녀는 병마로 뒤덮인 잠 속에 빠져 있었던 것이다. 그녀 혼자 자신을 추스를 시간이 필요하다고는 생각했지만 이미 너무 늦었다. 내가 가까이 다가가 가방을 내려놓는 몇 초 사이 그녀는 자기 존재를 온전히 되찾아야 했다. 자신이 누구인지, 여기가 어디인지, 어떻게, 그리고 왜 이 흰 벽에 둘러싸인 작은 방에 있게 되었는지를. 이 모든 것이 파악된 후에야 나를 기억해내기 시작할 것이다. 창문 너머로 그녀에게 기억을 일깨우려 안달난 듯 마로니에가 가지를 흔들고 있었다. 오늘은 자신을 되찾는 데 시간이 더 걸리는 걸 보니 나무의 노력은 준을 더 혼란스럽게만 한 모양이었다. 책 몇 권과 백지 몇 장이 침대 위에 놓여 있었다. 그녀는 힘없이 그것들을 정돈하면서 시간을 벌었다.

"어머니, 저 제러미 왔습니다. 죄송합니다. 생각보다 일찍 도착했어요."

바로 그때, 그녀는 모든 것을 한꺼번에 알아차렸지만 한바탕 억지스러운 심통을 부리는 것으로 숨겼다. "그래, 엄청 일찍 왔구먼. 난 지금 뭘 쓰려고 했는지 생각해내려던 참인데." 하지만 공들인 연기는 아니었다. 손에 펜이 없다는 걸 그녀도 나도 알았다.

"십 분 후에 다시 올까요?"

"바보 같은 소리. 이제 완전히 잊어버렸어. 어차피 쓸데없는 거였으니 상관없어. 앉아. 나한테 줄 거 뭣 좀 가져왔나? 잉크 사오는 건 잊지 않았지?" 내가 의자를 당겨 앉자, 준은 참고 있던 미소를 지어 보였다. 그녀의 얼굴이 지문만큼이나 복잡한 모양으로 주름졌다. 입꼬리가 올라가며 뺨 전체에 몇 겹의 평행선이 소용돌이쳤고, 눈, 코, 입을 둘러싼 주름이 둥근 곡선을 그리며 관자놀이까지 뻗어갔다. 이마 중앙에는 주름 나무의 큰 줄기가 깊은 고랑처럼 파였다.

내가 사온 것들을 내놓자 준은 농담을 한마디씩 하거나 대답이 필요 없는 사소한 질문을 하며 물건들을 살폈다.

"그런데 하고많은 나라 중에 왜 하필 스위스 사람들이 초콜릿을 잘 만들까? 게다가 내가 요즘 리치는 왜 이렇게 먹고 싶다니? 임신했나?"

이런 바깥세상의 징표들은 그녀를 슬프게 하지 않았다. 준은 완벽하게 세상에서 자신을 단절시켰고, 내가 알아챌 수 있는 한 후회는 없었다. 그녀에게 바깥세상은 영원히 떠난 나라, 아직은 기꺼이 관심의 끈을 놓지 않은 나라에 불과했다. 나는 준이 어떻게 견딜 수 있는지, 어떻게 그토록 많은 것을 포기하고 지루한 이곳을 받아들였는지 알 수 없었다. 무자비하게 삶은 야채며, 불평 많고 구시렁대는 노인들, 멍하게 종일 텔레비전만 보는 그들을. 자족적인 인생 후에 이런 생활이 기다리고 있다면 나라면 크게 당황하거나 끊임없이 탈출을 계획할 것이다. 하지만 고요에 가까운 준의 묵종은 그녀와 함께 있는 시간을 편하게 해주었다. 그녀를 보고 돌아갈 때도, 심지어 방문을 미룰 때도 죄책감이 들지 않았다. 준은 자신의 독립적 삶을 침대라는 국한된 공간으로 옮겨와 그곳에서 읽고 쓰고 명상하고 졸았다. 그저 주변에서 자신을 진지하게 받아주기만을 바랄 뿐이었다.

체스트넛 리치 요양원에서는 그것이 말처럼 간단치 않았다. 준은 간호사들과 도우미들을 설득하는 데 몇 달이 걸렸다. 내가 보기엔 질 수밖에 없는 싸움이었다. 오만은 의료진의 특권이었다. 준이 성공할 수 있었던 것은 결코 분노를 터뜨리지 않으면서 그들이 바라는 대로 고분고분한 어린애가 되었기 때문이었다. 준은 침착했다. 간호사가 노크도 없이 방으로 들어서서는—나도 직접 목격한 적이 있다—"우리 요양원에서는요" 어쩌고 하면서 똑같은 말을 읊어대면, 준은 그 젊은 여자의 눈을 마주보며 용서한다는 뜻으로 침묵을 지켰다. 초기에 준은 까다로운 환자로 분류되었다. 체스트넛 리치에서는 더이상 맡을 수 없다는 말까지 나왔다. 제니와 동생들이 원장과 상의하러 찾아오기도 했다. 준은 이 대화에 끼는 걸 거부했다. 그녀는 다른 곳으로 움직일 의사가 없었다. 준의 확신은 수년에 걸쳐 혼자 생각하고 결론을 내린, 위엄 있고 평온한 것이었다. 준은 주치의를 먼저 변화시켰다. 일단 준이 분별없는 할망구가 아니라는 걸 깨닫자 의사는 의학 외적인 주제로도 대화하기 시작했다. 그들은 둘 다 열렬히 좋아하고 준이 전문가 수준이었던 야생화 이야기를 나누었다. 의사는 곧 결혼생활의 문제도 털어놓게 되었다. 준을 대하는 직원들의 태도도 따라 바뀌었다. 의료기관의 위계질서란 원래 그런 것이다.

나는 그것을 전술의 승리로, 한발 앞선 사고의 승리로 보았다.

짜증을 숨김으로써 준은 결국 이겼다. 하지만 축하를 전하는 내게 준은 그건 전술이 아니라 오래전 노자의 『도덕경』에서 익힌 마음가짐이라고 말했다. 준이 가끔 권했지만 나는 책을 볼 때마다 그 독선적인 역설—목표를 달성하려면 반대방향으로 걸으라니—에 짜증이 나지 않는 적이 없었다. 이번에는 준이 책을 집어 큰 소리로 읽었다. "'하늘의 도는 다투지 않고서도 잘 이긴다.'"

내가 말했다. "아무렴 왜 아니겠어요."

"입다물고 잘 들어봐. '병사를 일으켜 서로 다툴 때는 슬픔에 잠긴 자가 이긴다.'"

"어머니, 말씀을 하실수록 저는 더 이해를 못하겠어요."

"좋구먼. 내 덕에 자네가 현자가 되게 생겼으니."

지시대로 정확히 구해온 물건들에 그녀가 흡족해하는 것을 확인한 뒤 나는 그것들을 제자리에 챙겨넣고 잉크는 그녀가 사물함에 보관하도록 두었다. 묵직한 만년필, 회백색 인쇄지, 그리고 검정 잉크만이 그녀의 옛 일상을 상기시키는 시각적인 증거였다. 그 외의 모든 것, 고급 가공육이나 옷가지 등은 모두 눈에 띄지 않는 특별한 장소에 있었다. 생프리바를 향해 뻗은 협곡이 서쪽으로 내려다보이는 그녀의 베르주리* 서재는 이 방의 다섯 배

* 양 축사를 뜻하는 프랑스어로, 여기서는 양 축사를 개조한 준의 집을 가리킨다.

는 되는데도 책과 신문을 다 보관하지 못할 지경이었다. 건너편 거대한 주방의 들보에는 장봉드몽타뉴*가 걸려 있고 돌바닥에는 올리브유를 담은 큰 병이 즐비했으며, 때로 전갈이 수납장에서 둥지를 틀기도 했다. 옛 헛간 공간 전체를 차지하는 거실은 한때 멧돼지 사냥 후 지역 주민 백여 명이 모이던 곳이었다. 사주식 침대가 있는 그녀의 침실은 프렌치 윈도에 스테인드글라스를 끼웠고, 손님방도 여럿이었는데 해를 거듭하면서 하나도 빠짐없이 그녀의 물건이 넘치게 되었다. 생화를 압착하던 방, 아몬드와 올리브 과수원의 원예 도구를 보관하던 오두막, 그 부근에 작은 비둘기장처럼 보이던 닭장—이 모든 것이 결국 다 사라지고 달랑 하나뿐인 책장과 입지도 않는 옷들이 든 서랍장, 그녀가 아무도 들여다보지 못하게 하는 궤짝 하나, 그리고 작은 냉장고 하나로 축소되고 말았다.

포장을 벗긴 과일을 개수대에서 씻어 초콜릿과 함께 냉장고에 넣고 커피를 놓는 지정된 자리를 찾으면서 나는 제니의 말과 아이들의 안부 인사를 전했다. 준은 버나드에 대해 물었지만 나는 지난번 방문 후로 장인을 만난 적이 없었다. 그녀는 손가락으로 머리를 정돈하고 등에 베개를 받쳤다. 나는 침대 곁 의자로 돌아가

* 햄의 일종.

앉아 사물함 위에 놓인 액자의 사진을 다시 한번 무심코 바라보았다. 그녀라면, 머리를 공들여 매만지고 밝고 쾌활한 미소를 띠며 사랑하는 남자의 팔뚝에 동그란 얼굴을 기댄 사진 속 미녀라면 나 역시 사랑에 빠질 수 있었을 것이다. 그토록 매력적이었던 것은 순수였다. 사진 속 젊은 여인이나 커플의 순수뿐만 아니라 시대의 순수. 아직 현대 이전의 텅 빈 거리에 주차된 개구리눈 모양 전조등의 세단도, 정장 차림 행인의 흐릿하게 찍힌 어깨나 머리마저도 스스로는 인식하지 못하는 어떤 순진무구함이 배어났다. 순수의 시대! 수천만 명의 사망, 폐허가 된 유럽, 강제수용소는 여전히 뉴스에 오르는 화제일 뿐, 아직 인간 타락의 보편적 상징이 되기 전이었다. 순수라는 환상을 만들어내는 것은 사진이다. 동결된 내러티브라는 아이러니 탓에 사진 속 주체들은 모두 앞으로 변하거나 죽으리라는 사실을 모르는 것처럼 보인다. 그들이 순진무구하게 존재할 수 있는 것은 미래다. 오십 년이 지난 지금 우리는 신이 모든 것을 알듯이 그들이 나중에 어떻게 될지—누구와 결혼할지, 언제 죽을지—알고서, 언젠가는 누군가 우리 사진을 들고 있으리란 생각은 못한 채 그들을 바라본다.

준이 내 눈길을 좇고 있었다. 공책과 볼펜을 집으려 손을 뻗는데 죄책감이, 그녀를 속인 듯한 기분이 든다. 우리 두 사람은 내가 그녀의 인생에 대해 글을 쓰는 데 합의했다. 당연하겠지만 그녀는 전기를 염두에 두고 있었고, 나 역시 처음에는 그럴 셈이었다. 하지만 일단 시작하자 글은 다른 형태를 띠게 되었고 전기도 아니고 회고록은 더더욱 아닌, 본론을 벗어난 무언가가 되었다. 준이 중심이 되겠지만 그녀에 대해서만 쓰는 글은 아니었다.

지난번에는 사진이 유용한 출발점이 되어주었다. 내가 사진을 응시했을 때 준은 시작하길 기다리며 그런 나를 바라보고 있었다. 팔꿈치를 갈비뼈 중간쯤에 놓고 집게손가락은 턱의 긴 곡선에 괴었다. 내가 정말 하고 싶은 질문은 이것이었다. 어떻게 저 얼굴에서 이 얼굴이 되셨어요, 어떻게 이런 기괴한 모습이 되셨어요? 인생이 그렇게 만들었나요? 세상에, 어떻게 이렇게나 변하셨단 말입니까!

대신 나는 사진에서 눈을 떼지 않고 말했다. "장인어른의 인생은 본바탕에서 꾸준히 진보해온 것 같은데 어머니 인생은 장기간에 걸친 변신 같군요……"

안타깝게도 준은 그 말을 버나드에 대한 질문으로 받아들였다. "지난달 왔을 때 그 사람이 무슨 얘길 하고 싶어했는지 아나? 유러코뮤니즘! 그 전주에 이탈리아 대표단을 만났다더군. 남의 돈으로 호의호식하는 뚱뚱한 악한들. 버나드 말이 그들을 만나니 앞날이 낙관적으로 보인다는 거야!" 그녀는 사진을 보고 고개를 끄덕였다. "제러미, 그 사람 정말로 신이 났더라니까! 그

옛날에 그랬던 것처럼. 진보라는 말은 너무 친절해. 정체겠지. 침체거나."

그 말이 틀렸다는 걸 그녀도 알았다. 버나드는 벌써 수년 전 공산당을 떠나 노동당 의원을 지냈고, 기득권층이었고, 그중에서도 방송, 환경, 포르노그래피에 관한 정부 위원회를 담당하는 자유주의적인 분파에 몸담았다. 준이 정말 반대했던 것은 버나드의 이성주의였다. 하지만 나는 지금 그 얘기를 하고 싶지는 않았다. 소리내어 말하지 않은 내 질문의 대답을 원했다. 나는 동의하는 척했다.

"네, 지금 어머니가 그런 걸로 흥분하시다니 상상하기 어려워요."

그녀는 머리를 뒤로 젖히고 눈을 감았다. 오랜 생각에 잠길 때의 자세다. 우리는 전에도 한 번 이상 이 이야기를 나눈 적이 있었다. 어떻게, 왜 준이 인생을 바꾸었는지를. 이야기는 매번 다르게 나왔다.

"준비됐나? 1938년 여름 내내, 나는 프랑스에서 디종 바로 외곽에 있는 어느 가족의 집에 머물렀어. 믿거나 말거나 정말로 그 디종 머스터드 사업을 하는 가정이었어. 그 사람들은 나한테 요리법도 가르쳐주고, 지구상에 프랑스보다 더 나은 곳은 없다고도 가르쳤지. 그건 내가 절대 바꿔볼 도리가 없는 젊은이 특유의 확신이었어. 프랑스에서 돌아왔을 땐 열여덟번째 생일이어서 새 자전거 한 대를 선물받았어. 아름다운 자전거였지. 아직은 사이클링 클럽이 유행이던 때라서 나도 한곳에 가입했어. 애머셤 사회주의자 사이클링 클럽이라고. 아마 답답한 부모한테 충격을 주고 싶어서였을 거야. 내 기억에 반대는 없었지만. 주말이면 우리는 스무 명가량 모여서 자전거를 타고 소풍을 갔어. 칠턴스의 도로를 따라서, 아니면 테임이나 옥스퍼드 방향으로 급한 내리막길을 따라서. 우리 클럽은 다른 클럽과 연결되어 있었고, 이런 클럽 일부는 공산당과 연계되어 있었지. 무슨 계획이나 공모가 있었는지는 모르겠어. 그건 누가 연구 좀 했으면 좋겠네. 아마 꽤 비공식적으로 운영되었을 거야. 이런 클럽들은 당원을 새로 영입하는 장이 되었거든. 누가 내게 훈계한 건 아니었어. 설교를 늘어놓은 사람도 없었고. 그냥 어쩌다보니 내가 좋아하는 사람들 틈에 있더라고. 활발하고 밝은 사람들. 대화도 상상할 수 있는 그런 내용이었어. 잉글랜드의 문제점, 불의와 고통, 그런 걸 어떻게 바로잡을 수 있는지, 그리고 그런 것들이 소련에서는 어떻게 시정되었는지. 스탈린이 무엇을 하고 있는지, 레닌이 무슨 말을 했었는지, 마르크스와 엥겔스가 뭐라고 썼는지. 가십도 나눴지. 당에 누가 있는지, 모스크바에 실제로 다녀온 사람이 누구인지, 입당하면 어떤 기분인지, 누가 입당을 고려하고 있는지,

그런 거.

그러니까 우리는 자전거를 타고 시골을 돌거나 샌드위치를 들고 아름다운 산마루에 앉아서, 촌 동네 펍의 정원에 앉아 샌디*를 마시면서 이런 모든 대화며 수다를 나누고 시시덕거렸던 거지. 아주 처음부터 당이든, 당의 의미든, 생산수단의 공유에 대한 온갖 미사여구든, 역사적, 과학적으로 결정된 프롤레타리아의 유산이든 훗날 시들어버릴 모든 것, 그 모든 시답잖은 것은 내 마음속에선 너도밤나무숲이며 옥수수밭이며, 햇살, 그리고 그 예쁜 산길과 여름이면 터널이 되었던 좁은 길을 질주한 기억과 닿아 있어. 공산주의, 전원에 대한 열정, 반바지를 입은 잘생긴 남자애 한둘에 대한 관심, 그런 것이 모두 뒤섞여 있지. 그래, 맞아. 나는 아주 신났었어."

글을 쓰면서 나는 이용당하고 있는 게 아닐까, 준이 자신의 인생에 가하고 싶었던 마지막 수정을 위한 매개로, 수단으로 이용당하고 있는 게 아닐까 잠시 옹졸한 의문이 들었다. 그렇게 생각하자 그녀가 원하던 전기를 쓰지 않는 것이 덜 불편해졌다.

준은 말을 이었다. 그녀는 이 이야기에 대한 준비가 꽤 잘되어 있었다.

---

* 맥주와 레모네이드를 반씩 섞은 혼합주.

“그게 시작이었지. 나는 팔 년 뒤에야 마침내 입당했어. 입당하자마자 끝이었지. 끝의 시작이었어.”

“그 고인돌 말씀이시죠.”

“그렇다고 할 수 있지.”

우리는 팔 년을, 그러니까 전쟁을 가로질러 1938년에서 1946년으로 건너뛰려는 참이었다. 대화는 그렇게 흘러갔다.

1946년 신혼여행 끝 무렵 프랑스를 통해 돌아오는 길에 버나드와 준은 코스뒤라르자크라는 건조한 석회암 고원을 가로질러 랑그도크의 먼길을 걸었다. 두 사람은 그날 밤 묵으려 했던 마을에서 3킬로미터 정도 떨어진 곳에서 프뤼나레드 고인돌로 알려진 고대 매장터를 보았다. 고인돌은 비스강 협곡 끝 부근의 산허리에 있었는데, 신혼부부는 이른 저녁 그 자리에 앉아 북쪽의 세벤산맥을 바라보며 한두 시간 미래에 대해 이야기했다. 그후로 우리 모두 그곳에 몇 번이나 갔었다. 1971년 제니는 프랑스 육군에서 탈영한 그 지역 남자와 사귄 적이 있다. 1980년대 중반에는 우리가 아이들을 데리고 버나드와 그리로 소풍을 가기도 했다. 한번은 제니와 내가 결혼생활의 문제를 토로하러 간 적도 있다. 혼자 있기도 좋은 곳이다. 그곳은 가족 모두의 장소가 되었다. 보통 고인돌은 비바람에 닳은 돌판이 두 돌기둥 위에 탁자 형태로 놓여 있다. 코스* 지역에는 그런 것이 수십 개지만 그중 딱 하나만 '그 고인돌'이라 불린다.

"무슨 이야기를 하셨는데요?"

그녀는 못마땅한 듯 한 손을 홱 내저었다. "추궁하지 마. 당시엔 나도 사상이 있었어, 사람들과 나누고픈 무언가가 있었다고. 그래. 기억나는군. 사이클링 클럽에 몸담았던 건 공산주의와 전원에 대한 내 애정이 따로 떼어놓을 수 없는 관계였기 때문이었어. 다 그 나이에 갖기 마련인 낭만적이고 이상주의적인 감정의 일환이었겠지. 그리고 그때 프랑스에, 또다른 풍경 속에 있었잖아. 칠턴스보다 훨씬 더 아름답고, 웅장하고, 거칠고, 심지어 조금 무섭기까지 한 곳에. 사랑하는 남자와 함께였고, 우리는 세상을 변혁하는 데 우리가 어떻게 도움이 될지 장광설을 늘어놨어. 앞으로 둘이서 함께 인생을 꾸려갈 집으로 돌아오는 중이었지. 심지어 내가 이런 혼잣말을 한 것도 기억나. 이보다 더 행복했던 적은 없었어. 지금이 바로 그 순간이야!

하지만 왜 있잖아, 뭔가 잘못된 거, 어떤 그림자가 있었어. 그와 함께 그 자리에 앉아 있는데, 해가 지고 석양이 퍽 아름다운데 이런 생각이 들었어. 그런데 난 집으로 돌아가고 싶지 않아, 여기에 남고 싶어. 협곡 너머를 바라볼수록, 코스드블랑다 너머

---

* 프랑스 중부 및 남부의 석회질 고원.

산맥 쪽을 건너다볼수록 명백한 사실을 더 절절하게 깨달았어. 저 바위들이 견뎌온 오랜 시간과 아름다움과 힘에 견주어보면 정치는 아주 사소한 것에 지나지 않았어. 인류는 비교적 최근에 생겨난 것이었어. 우주는 프롤레타리아의 운명에 무관심한 거지! 나는 겁이 났어. 짧은 시간이었지만 성인이 되고 나서는 쭉 정치에 매달렸거든. 정치가 내게 친구도, 남편도, 사상도 주었지. 그전엔 영국으로 돌아가고 싶은 마음이 간절했는데, 그때는 여기 남아서 불편해도 이 거친 자연 속에 있고 싶었어.

버나드는 계속 말했고, 나도 분명 거들었겠지. 하지만 난 혼란스러웠어. 어쩌면 정치도 거친 자연도, 무엇도 관심 없었는지 모르지. 내게 정말 필요했던 건 근사한 집과 돌봐야 할 아기였는지도 몰라. 나는 몹시 혼란스러웠어."

"그럼 어머니께선……"

"내 말 안 끝났어. 다른 게 있어. 그런 심란한 생각이 들었지만 나는 그 고인돌에서 행복했어. 그저 조용히 앉아서 붉게 물드는 산을 바라보며 부드러운 저녁 공기 속에 숨쉬길 원했지. 버나드도 마찬가지라는 걸, 나와 같은 기분이라는 걸 알고 싶을 뿐 더 바랄 게 없었어. 그래서 또다른 문제가 생긴 거야. 그곳에는 정적도 고요도 없었어. 우린 개혁파 사회민주주의자들의 배신인지, 누가 알겠어, 그런 뭔가에 대해서 툴툴대고 있었어. 우리가 알지도 못하고 당시에는 도울 처지도 못 되던 도시 빈민의 상황에 대해서도. 우리 인생이 이 최고의 순간—오천 년이 넘은 성지, 서로에 대한 사랑, 석양, 우리 앞에 펼쳐진 광활한 우주—으로 수렴되었는데 그걸 깨닫지 못했지. 우리 것으로 만들지 못한 거야. 우리는 자신을 지금 현재로 해방시키지 못했지. 대신 남들을 해방시키는 것에 대해 생각하고 싶어했어. 그들의 불행으로 우리 자신의 불행을 덮어버렸어. 인생이 선사하는 소박하지만 좋은 일을 받아들이고 그걸 가진 데 기뻐할 줄 몰랐던 게 우리의 불행이었지. 정치란, 이상주의적인 정치란 언제나 미래에 대한 거잖아. 지금껏 살면서 내가 배운 건 이거야. 사람은 현재에 충실히 임하는 순간, 무한한 우주, 무한한 시간, 어떻게 보면 신이라 할 만한 것을 발견한다는 것."

그녀는 논지를 잃고 딴 길로 빠졌다. 준이 이야기하려던 것은 신이 아니라 버나드였다. 그녀는 이제 기억해냈다.

"버나드는 현재에 충실한 것이 방종이라고 생각하지. 하지만 그건 말이 안 돼. 버나드가 어디 한 번이라도 가만히 앉아 자기 인생에 대해서, 아니면 자기 인생이 제니한테 어떤 영향을 미쳤는지에 대해서 생각해본 적이 있나? 왜 자기가 혼자 생활을 못하고 그 여자, '가정부'의 도움을 받아야 하는지는? 그 사람은 자기 자신이 전혀 안 보이는 거야. 사실관계나 숫자는 잘 따지고 종일 울려대는 전화에, 여기저기 연설하러, 패널로 참석하러, 이런저런 일을 하러 다니느라 바쁘지. 하지만 성찰은 전혀 없어. 신의 창조의 아름다움에 대해서 단 한 순간도 경이를 느낀 적이 없지. 그 사람은 침묵을 싫어해, 그러니 아무것도 몰라. 자네 의문에 대답하지. 그토록 많은 사람이 찾는 인물이 어떻게 정체될 수 있느냐고? 표면에서만 뱅뱅 돌면, 세상만사는 질서만 좀더 잘 잡히면 나아질 거라고 종일 허튼소리를 하고 다니면서 중요한 건 배우지 않으면 그렇게 되는 거야."

그녀는 피로해져 다시 베개에 몸을 묻었다. 그리고 천장을 향해 긴 얼굴을 들었다. 숨소리가 거칠어졌다. 고인돌에서 보낸 저녁에 대한 이야기는 전에도 여러 번 나누었고, 그건 주로 다음날 있을 중대한 대결의 서곡이었다. 준은 화가 나 있었고 그 분노를 내가 읽을 수 있다는 걸 알기에 더욱 화가 치미는 듯했다. 그녀는 흥분을 참지 못했다. 본인도 알다시피 그녀가 말한 버나드의 인생—텔레비전 출연, 라디오 패널 토론, 공직—은 벌써 십 년 전 얘기였다. 요즘은 아무도 버나드 트리메인의 소식을 듣지 못한다. 그는 집에 틀어박혀 조용히 집필에 몰두하고 있다. 지금은 가족과 몇몇 오랜 친구만이 그에게 전화를 걸었다. 같은 건물에 사는 한 여인이 매일 세 시간씩 와서 청소며 요리를 했다. 그녀에 대한 준의 질투는 보기 안쓰러웠다. 준이 인생의 기준으로 삼는 사상들은 그녀가 버나드와의 거리를 가늠하는 기준이기도 했고, 만일 그런 사상의 동력이 진실의 추구라면 그 진실의 일부는 사랑에 대한 실망과 비통이었다. 부정확하고 과장된 진술은 많은 것을 드러냈다.

나는 장모님이 싫어졌거나 당혹스러운 게 아니라는 걸 보여줄 만한 말을 하고 싶었다. 반대로, 나는 그녀가 좋아졌다. 준이 흥분한다는 게 위로가 되었다. 인간관계와 갈등과 마음이 아직 중요하다는 게, 지난날의 인생과 문제가 아직 지속된다는 게, 황혼기에도 아직 모든 것을 정리하지 않았다는 게, 무덤처럼 차가운 초연함이 없다는 게 위로가 되었다.

내가 차를 만들어드리겠다고 하자 그녀는 침대 시트 위로 손가락을 하나 들어올리며 그러라고 했다. 나는 방 저편 작은 세면대로 가서 주전자를 채웠다. 밖에는 비가 그쳤지만 바람은 여전했고, 하늘색 카디건 차림의 체구가 작은 한 여인이 보행 보조기를 붙잡고 잔디를 가로지르고 있었다. 세찬 바람이라도 불면 날아갈 것 같은 모습이었다. 그녀는 벽 앞에 일군 화단까지 가서 보행 보조기가 휴대용 제단이라도 되는 양 그 앞에 무릎을 꿇었다. 풀밭에 무릎이 닿자 보조기를 한쪽으로 치우고 카디건 한쪽 주머니에서 티스푼을, 다른 쪽 주머니에서 알뿌리 한 줌을 꺼냈다. 그리고 구멍을 파더니 알뿌리를 그 자리에 심었다. 몇 년 전이었다면 나는 그 나이의 여인이 무언가를 심는 게 무슨 소용이냐 생각하고 그 광경을 부질없음의 표본으로 보았을 터였다. 지금은 그냥 지켜볼 수 있었다.

나는 찻잔을 침대 곁으로 가져갔다. 준은 일어나 앉아 펄펄 끓는 차를 소리 없이 마셨다. 언젠가 듣기로, 학교 다닐 때 예절 교사에게 배운 방식대로였다. 생각이 다른 데 가 있어 다시 이야기를 할 준비가 아직 되어 있지 않았다. 나는 내가 메모한 페이지들을 살피며 속기로 흘려 써둔 것들을 알아보기 쉽도록 여기저기 기호를 고쳤다. 그리고 다음번 프랑스에 갈 땐 고인돌을 찾아가리라 다짐했다. 베르주리에서 시작해 파드라제에서 코스로 올라가 북쪽으로 서너 시간을 걸으면 되었다. 봄에 야생화가 필 때 들판이 난초로 뒤덮이면 퍽 아름다웠다. 나는 돌에 앉아 그 풍광을 다시 바라보며 회고록의 주제를 생각할 터이다.

그녀는 눈을 끔뻑거리더니, 스르르 풀리는 손에서 내가 찻잔과 받침을 받아들고 사물함 위에 올려놓는 사이 잠들었다. 그녀는 이런 갑작스러운 졸음이 피로 때문은 아니라고 고집을 피웠다. 병의 증상 가운데 하나라고, 도파민 분비의 불균형을 초래하는 신경기능장애가 원인이라고 했다. 확실히 이런 기면증상은 감각을 마비시켜 저항이 불가능한 모양이었다. 얼굴에 이불을 덮어씌운 것 같지, 그녀는 그렇게 말했지만 내가 문제를 알리자 준의 의사는 나를 물끄러미 바라보더니 아주 살짝 고개를 저었고, 그의 부정은 맞장구를 쳐주라는 제안이기도 했다. "그분은 아프죠." 그가 말했다. "피곤하기도 하고요."

준의 숨결이 얕은 색색거림으로 자리잡았고, 이마의 주름 나무는 더 또렷해지고 겨울이 잔가지를 쳐낸 듯이 좀더 단순해졌다. 그녀가 비운 잔에 사진이 조금 가려졌다. 이런 엄청난 변화라니! 나는 그 변화에 혀를 내두를 만큼 아직 젊었다. 액자 속 여자의 피부에는 아무것도 쓰이지 않았고 동그란 예쁜 머리는 버나드의 팔뚝에 기대어 있다. 나는 한참 후에야 그들을 만났지만, 버나드와 준이 서로 사랑하며 그저 함께했던 오래전의 짧은 시간에 향수 비슷한 것을 느꼈다. 몰락 이전. 그 점도 사진의 순수에 영향을 주었을 것이다. 얼마나 많이, 그리고 얼마나 오랫동안 서로에게 중독되고 동시에 염증을 느끼게 될지 그들은 몰랐던 그때. 준은 버나드의 삭막하도록 가난한 영혼과 '진지함의 근본적인 결여'에, 눈가리개를 씌운 듯한 합리주의에, '축적되는 모든 증거에 반해' 의식 있는 사회 개혁만 있다면 인류를 비참한 처지와 잔인성에서 구원할 수 있다는 그의 오만한 고집에 염증을 느꼈다. 버나드는 사회적 양심을 저버린 준의 배신과 '자기방어적 숙명론'을, '뭐든 잘 믿는 끝없는 어수룩함'을 짜증스러워

했다. 점점 더 늘어가기만 하는 준이 확신하는 것의 목록—유니콘, 숲의 정령, 천사, 영매, 자기치유력, 집단무의식, '우리 안의 예수' 등등—에 그가 얼마나 고통스러워했던가.

언젠가 버나드에게 전쟁 당시 준과의 첫 만남에 대해 물어본 적이 있었다. 무엇이 그녀에게 끌리게 했나? 그는 첫 만남을 기억하지 못했다. 그러다 1944년 초 몇 달 동안 한 젊은 여자가 상원의사당에 있던 그의 사무실에 프랑스어 문서의 영어 번역본을 전하고 다른 일을 더 받으러 일주일에 한두 번 들른다는 걸 서서히 깨달았다. 사무실 사람들은 모두 프랑스어를 읽을 줄 알았고, 문서에 쓰인 프랑스어는 난이도가 낮았다. 그는 번역가가 왜 필요한지 몰랐고 그래서 그녀의 존재를 눈치채지 못했다. 그녀는 없는 사람이었다. 그러다가 우연히 그녀가 아름답다는 누군가의 얘기를 듣고 다음번에는 유심히 살펴보았다. 그는 준이 나타나지 않는 날이면 실망하기 시작했고 그녀가 오는 날이면 바보처럼 기뻤다. 마침내 어설픈 한담을 나눌 수 있게 되었을 때 그는 준이 같이 지내기 편한 여자라는 걸 알게 되었다. 아름다운 여자들은 걸음새가 이상하고 귀도 큰 자기 같은 남자와 말하는 걸 싫어할 줄 알았다. 하지만 그녀는 그를 좋아하는 듯했다. 두 사람은 스트랜드 거리의 조 라이언스 카페에서 점심을 먹었고, 그는 긴장을 감추려고 사회주의와 곤충에 대해—그는 아마추어 곤충학자였다—큰 소리로 말했다. 나중에는 어느 저녁 영화—무슨 영화였는지는 기억하지 못했다—를 보러 가기로 그녀를 설득해서 동료들을 놀라게 했다. 헤이마켓에 있는 극장이었는데, 거기서 그는 용기를 내 그녀에게 키스했다. 옛날식 연애를 흉내내 처음에는 손등에, 그다음에는 뺨에, 그다음에는 입술에. 한담에서부터 수줍은 첫 키스에 이르기까지, 모든 일이 사 주도 안 되는 시간 사이 매우 빠른 속도로 진행되었다.

한편 준의 이야기는 이랬다. 통역사였던 그녀는 직업상 가끔 프랑스어 공문서를 영어로 번역하는 일도 했기 때문에 어느 지루한 오후 상원의사당의 복도에 있었다. 볼일이 있던 사무실 옆방의 열린 문을 지나가다가 키가 훌쩍하고 얼굴이 묘하게 생긴 젊은 남자가 나무의자에 불편하게 늘어져 앉아 발을 책상에 올리곤 아주 심각해 보이는 책에 열중한 광경이 눈에 들어왔다. 남자는 흘깃 시선을 들어 눈을 잠시 마주쳤지만 다시 독서에 몰입했고 이미 그녀를 잊은 듯했다. 그녀는 무례해 보이지 않도록 손에 든 누런 폴더를 살피는 척 최대한 오래—몇 초 정도였다—어정거리며 남자를 뚫어져라 보면서 추파를 던졌다. 그때껏 데이트했던 남자들은 왠지 모르게 싫은 점을 극복하고 나서야 좋아졌지만 이 남자는 보자마자 끌렸다. 그는 '자기 타입'이었다. 이제 그 짜증나는 말을 온전히 이해하게 되었다. 그가 똑똑한 사람이라는 건 분명했고—그 사무실에 있던 모두가 그랬다—모든 게 큼직해서 생기는 불가피한 어색함이며 사람 좋아 보이는 큰 얼굴도, 그녀를 흘끗 보고 말았다는 도전적인 사실도 좋았다. 그런 남자는 거의 없었다.

그녀는 그의 사무실로 갈 구실을 찾아냈다. 같은 사무실의 여자들이 가져가야 할 문서들을 자기가 직접 챙겼다. 좀더 오래 머물기 위해서, 그리고 버나드가 자기 쪽을 돌아보지 않아서 그의 동료 한 사람에게 수작을 부려야 했다. 요크셔 출신에 점이 많고 목소리가 높은 우울한 남자였다. 한번은 버나드의 찻잔을 넘어뜨리기 위해서 그의 책상에 일부러 부딪히기도 했다. 그는 인상을 쓰며 책에서 눈을 떼지 않고 쏟아진 차를 손수건으로 톡톡 닦아냈다. 그녀는 다른 곳으로 가야 할 꾸러미를 그에게 갖다주기도 했다. 그는 정중하게 자기 것이 아니라고 말했다. 요크셔 남자는 준에게 외로움의 고통을 호소하는 편지를 썼다. 그는 준과 결혼하길 기대하지는 않는다면서도 그 가능성을 배제하진 않았다. 그래도 두 사람이 오누이처럼 아주 가까운 친구가 되길 바란다고 했다. 그녀는 얼른 행동에 나서야 했다.

그녀가 버나드에게 점심식사 초대를 받아내리라 결심하고 용기를 내서 씩씩하게 사무실로 찾아가던 날은 그가 처음으로 그녀를 찬찬히 살펴보리라고 마음먹은 날이기도 했다. 그가 너무

나 노골적으로, 너무도 솔직하게 잡아먹을 듯이 빤히 보는 바람에 그의 책상으로 다가가는 그녀의 발걸음이 휘청거렸다. 구석에서는 오누이처럼 지내고 싶다는 남자가 씩 웃으며 벌떡 일어섰다. 준은 꾸러미를 내려놓고 뛰었다. 하지만 이제는 원하던 남자를 사로잡았다는 걸 알았다. 그녀가 들어설 때마다 뭔가 대화를 끌어내보고자 버나드의 커다란 턱이 움찔거렸다. 조 라이언스에서 점심을 먹을 땐 아주 살짝만 그의 등을 떠밀면 되었다.

두 사람이 그런 초기의 추억을 서로 비교해본 적이 한 번도 없다는 게 내게는 이상해 보였다. 준은 분명 두 이야기의 간극을 즐겼을 텐데. 그랬다면 두 사람은 그녀가 나중에 갖게 될 편견을 확인했을 것이다. 버나드는 생각이 짧고, 본인이 현실을 구성하는 미묘한 흐름을 이해하며 통제하고 있다고 주장하지만 실은 그것에 무지하다는 것을. 하지만 나는 버나드의 이야기를 준에게, 준의 이야기를 버나드에게 전하지 않았다. 두 사람의 이야기를 따로 관리하며 비밀을 유지하는 것은 그들의 결정이라기보다는 나의 결정이었다. 정말 그렇게 믿지는 않는 두 분과 달리 나는 대화를 나눌 때 메시지와 인상의 전달자로 이용되고 있다는 걸 알았다. 준은 내가 자신을 대신해 버나드를 혼내주기를 바랐을 것이다. 다름아닌 그의 세계관에 대해서, 라디오 토론과 가정부로 구성된 그의 빨리빨리식 인생에 대해서. 버나드는 준이 없어도 자신은 온전히 멀쩡하다는 착각에 더해 준이 미친 게 뻔한데도 자기가 그녀를 아낀다는 점까지 전하기를 바랐을 것이다. 그로써 직접 끔찍한 면회를 가지 않아도 되도록, 또는 다음번 면회를 위해 분위기를 누그러뜨려놓기 위해서. 만날 때마다 두 사람은 나를 살살 구슬려 원하는 정보를 빼내려고 미끼를 던졌다. 주로 논쟁의 여지가 있는 제안이나 속보이는 질문을 통해서. 그러니까 버나드는 이런 식이었다. 그자들이 아직도 그 사람한테 진정제를 놓던가? 그 사람이 내 얘기를 하는 내내 언성을 높이던가? 자네 장모가 평생 날 미워할 것 같은가? 그리고 준은 이런 식이었다. 그 사람은 아직도 브리그스 부인(가정부)을 부르나? 자살 계획은 포기했대?

나는 대충 둘러댔다. 두 분을 만족시킬 만한 대답도 없었고, 둘은 언제라도 서로 통화하거나 만날 수 있었다. 바보처럼 자존심만 강한 젊은 연인들처럼 둘은 먼저 전화하는 사람이 나약함을, 한심한 정서적 종속을 드러내는 거라 생각하고 자제했다.

준이 오 분쯤 잠깐 졸다가 깨어보니 머리가 벗어져가는 남자가 심각한 얼굴로 한 손에는 공책을 들고 침대맡에 앉아 있었다. 여기가 어디지? 이 사람은 누구야? 뭘 원하는 거지? 점점 커지는 눈에 어린 당혹스러운 놀라움이 그대로 전달되어 위축된 나는 즉시 그녀를 안심시킬 대답을 찾을 수 없었고, 입을 열었을 때는 말이 꼬였다. 하지만 내가 말을 마치기도 전에 준은 이미 앞뒤 정황의 실마리를 다시 파악해 이야기를 되찾았고 사위가 그 이야기를 기록하러 왔다는 걸 기억해냈다.

준은 목청을 가다듬었다. "어디까지 얘기했더라?" 그녀가 깊은 어둠을 들여다보았다는 걸, 모든 것이 이름도 관계도 없는 무의미의 골짜기를 엿보았다는 걸 우리 둘 다 알 수 있었고 그녀는 그 때문에 크게 겁을 먹었다. 우리 둘 다 겁이 났다. 우리는, 아니 나는 이 점을 인정할 수 없었다. 그녀가 인정하기까지는.

이제 그녀는 어디까지 얘기했는지도 알았고, 다음 차례가 무엇인지도 알았다. 그러나 그녀가 잠에서 깨던 짧은 순간의 심리전 동안 나는 불가피한 신호에 저항할 준비를 하고 있었다. '다음날'이라는 말이 그것이었다. 나는 그녀를 다른 방향으로 이끌고 싶었다. 우리는 '다음날'에 대해 이미 대여섯 번은 이야기했다. 그것은 가족이 다 아는, 마르고 닳도록 들어서 기억한다기보다 기도문처럼 각인된 이야기였다. 나는 폴란드에서 제니를 처음 만났을 때 그 얘기를 들었다. 엄밀히 말하면 목격자가 아니었던 버나드에게서도 꽤 자주 들었다. 이야기는 크리스마스 때마다, 가족 모임 때마다 반복되었다. 준에 관한 한 그 이야기는 내 회고록에서 가장 중요한 부분이었고 그녀 자신의 인생에서도 마찬가지였다. 그녀 인생의 결정적인 순간이자 방향을 바꾼 경험이었으며, 새로 밝혀진 진실의 빛으로 이전의 모든 결론을 다시 생각하게 한 경험이었다. 그것은 역사적 정확성보다 어떤 기능을 하게 되었는지가 훨씬 더 중요한 이야기였다. 그것은 신화였고, 다큐멘터리라고 주장되기에 더더욱 강력한 신화였다. 준은 '다음날'이 모든 것을—왜 그녀가 당을 떠났는지, 왜 평생 버나드와 불협화음에 빠졌는지, 왜 자신의 이성주의와 유물론을 재고하게 되었는지, 어떻게 지금과 같은 인생에 이르렀는지, 그 인생을 어디서 살게 되었는지, 자기가 무슨 생각을 하는지—설명한다고 자신을 설득했다.

가족의 아웃사이더로서 나는 현혹되기도 하고 회의적이기도 했다. 인생의 전환점은 이야기꾼이나 극작가가 지어낸 것이다. 인생이 하나의 플롯으로 전락하거나 그로 인해 사실이 왜곡되었을 때, 이런저런 행동에서 도덕적 가치를 뽑아내야만 할 때, 관객이 인물이 성장했다고 기억할 만한 잊지 못할 무언가를 가지고 집으로 돌아가야만 할 때 필요한 메커니즘인 것이다. 빛의 목격, 진실의 순간, 전환점, 그런 것들은 필시 포화상태인 옛 추억을 그럴듯하게 만들기 위해 할리우드 영화나 성경에서 빌려오는 게 아니던가? 준의 '검은 개들'이라. 이렇게 준의 침대 곁에 앉아 공책을 무릎에 올려놓은 채 그녀의 심연을 엿보고 공포의 순간을 나누는 특권을 누리고 있자니 존재하지 않는 것이나 마찬가지인 이 개들이 지나친 위안이 되는 것 같았다. 그 유명한 일화가 또 한번 반복된다면 지나친 안온함을 줄 터였다.

준은 잠깐 졸며 침대에서 미끄러졌던 모양이다. 똑바로 앉으려고 애썼지만 손목은 너무 약했고 손은 침구를 붙들지 못했다. 내가 일어나 도우려 했지만 준은 끙, 하는 신음으로 만류하더니 나를 향해 돌아누워 베개의 접힌 귀퉁이에 머리를 기댔다.

나는 천천히 시작했다. 짓궂은 마음이었던 걸까? 그 생각을 하면 마음이 불편했지만 이미 입을 연 뒤였다. "세상은 어머니의 세계관과 아버님의 세계관을 모두 끌어안을 수 있어야 하지 않을까요? 어떤 이들은 내면의 여행을 하고 다른 이들은 세상을 개혁하는 데 힘쓰는 게 가장 좋은 일 아닐까요? 문명을 일구는 것은 다양성이 아니던가요?"

마지막에 던진 수사적인 질문은 준에게 너무 심한 것이었다. 중립적인 관심을 유지하던 찡그린 표정은 코웃음에 묻혀버렸다. 준은 더 누워 있지 못했다. 힘겹게 몸을 일으킨 그녀는 이번에는 앉는 데 성공했고 숨을 몰아쉬며 말했다.

"제러미, 내가 자네를 아끼긴 하지만 참 실없는 소리를 다 한다. 자넨 처신을 잘하려고 너무 애를 써. 다들 자네를 좋아하고 또 서로를 좋아하게 하려고 너무 애를 쓴다고…… 아이고, 이제야 됐네."

그녀는 마침내 똑바로 앉았다. 정원일로 거칠어져 가죽 같은 두 손을 침대 시트 위에서 꽉 맞잡은 채, 기쁨을 드러내지 않으려 애쓰며 나를 빤히 보았다. 어쩌면 모성에서 우러나온 연민이었는지도 모르겠다. "그럼 왜 세상이 개혁되지 않았지? 무상의료며 임금인상, 가구마다 자동차며 텔레비전, 전동칫솔 따위가 다 갖춰졌는데. 어째서 사람들은 더 행복하지 않은 걸까? 이런 개혁에 뭔가 빠진 게 아닐까?"

조롱을 당하자 이제 홀가분해졌다. 말이 좀 거칠게 나왔다. "그럼 현대세계는 영적인 가치의 불모지인가요? 그런 상투적인 말이 사실이라 해도, 어머니는요? 어머니는 왜 행복하지 않죠? 제가 찾아올 때마다 아직도 아버님을 얼마나 원망하는지 보여주시잖아요. 왜 내려놓지 못하시죠? 이제 와서 그게 무슨 상관인가요? 아버님을 보내주세요. 어머니가 그러지 않았다거나 그럴 수 없다고 해서 어머니의 방식이 납득되는 건 아니에요."

너무 지나쳤던 걸까? 내가 말하는 동안 준의 시선은 방을 가로질러 창 쪽에 붙박여 있었다. 그녀가 숨을 길게 들이쉬자 침묵이 헝클어졌다. 그다음에는 더 긴장된 침묵이 이어졌다가 세찬 날숨이 뒤따랐다. 그녀는 나를 똑바로 보았다.

"사실이야. 사실이고말고……" 그녀는 잠시 말을 멈추었다가 결심한 듯 입을 열었다. "지금껏 내가 한 일 중 조금이라도 가치 있는 것은 전부 혼자서 해야 했던 일이야. 그때는 그게 싫지 않았어. 만족스러웠지. 그리고 어차피 나는 행복을 기대하지 않는 사람이니까. 행복이란 이따금 찾아오는 여름날 번개 같은 거지. 하지만 나는 마음의 평화를 얻었고, 그 수십 년 동안 혼자라도 괜찮다고 생각했어. 내겐 가족과 친구와 손님이 있었어. 사람들이 오면 나는 기뻤고, 떠날 때도 기뻤어. 하지만 지금은……"

나는 그녀가 회상에서 빠져나오도록 바늘로 찔러 고백을 하게 만든 것이다. 나는 노트의 새 페이지를 펼쳤다.

"건강상태가 심각하다는 말을 듣고 마지막으로 한번 더 나 자신을 고립시키기 위해 이리로 왔을 때는 고독이 내가 저지른 하나의 최대 실패처럼 보였어. 엄청난 실수. 훌륭한 삶을 살아도 혼자라면 그게 다 무슨 소용이야? 프랑스에서 보낸 그 수십 년을 생각해보면 가끔 찬바람이 얼굴로 불어오는 기분이 들어. 버나드는 내가 맹추 같은 신비주의자라고 생각하고, 나는 그 사람이 냉담한 인민위원이라고 생각하지. 지상에 유물론적 천국만 세울 수 있다면 우리 모두를 넘겨버릴 인간이라고 가족끼리도 얘기했었어, 농담으로. 진실은 우리가 서로 사랑하고, 한 번도 그 사랑을 멈춘 적 없이, 서로 집착하고 있다는 거야. 더욱이 그런데도 아무것도 하지 않았고. 우린 하나의 인생을 살아내지 못했어. 사랑을 포기하지 못했지만 사랑의 힘에 굴복하지도 않으려 했어. 설명하기 쉬운 문제인데 당시에 우린 한 번도 그러지 않았어. '이봐, 우린 이런저런 감정을 느끼고 있어, 그러니까 앞으로 어떻게 하지?' 하고 말한 적이 한 번도 없다고. 아니, 언제나 혼란과 언쟁, 아이들에 대한 계획뿐이고, 나날이 혼돈이었고, 골이 깊어져 서로 다른 나라로 나아갔지. 그 모든 걸 차단하고야 나는 평화를 찾았어. 내게 원망이 있다면 그건 나 자신을 용서하지 못했기 때문이야. 30미터 높이에서 공중부양하는 법을 배운다 해도 버나드와 대화하거나 지내는 법을 배우지 못했다는 사실을 상쇄할 수는 없겠지. 신문에서 사회의 병폐에 대해 읽고 불평이 나올 때마다 나는 스스로에게 상기시키곤 해. 내 아이들의 아버지이자 내가 사랑했고 혼인관계를 유지하고 있는 사람과 이룬 가장 단순한 사회조차 건사 못하면서 이해관계가 상충하는 수백만 명이 어떻게 서로 잘 지내리라 기대하느냐고. 그리고 다른 것도 있지. 내가 버나드를 계속해서 비난한다면 그건 자네가 여기 와 있고 가끔 그 사람을 만난다는 걸 알기 때문이야. 그리고—이런 말은 안 하는 게 낫겠지만—자네를 보면 그 사람이 떠오르기 때문이야. 자네는 천만다행히 그런 정치적인 야망이 없지만 두 사람 다, 나를 몹시 화나게도 하고 매료되게도 하는 냉담하고 서먹서먹한 구석이 있어. 그리고……"

그녀는 생각을 억누른 채 다시 베개 속으로 파묻혔다. 나는 방금 칭찬을 받은 셈이니 그것을 받아들이는 대신 어느 정도 공손한 태도를 보여야 할 것만 같았다. 준의 고백에는 가급적 빨리 돌아가서 되짚고 싶은 단어가 하나 있었다. 하지만 먼저 갖춰야 할 예의가 있었다.

"그럼 제가 찾아오는 게 불쾌하지 않으시길 바랍니다."

"자네가 오는 건 좋아."

"그럼 제가 너무 개인적인 걸 묻는다는 생각이 들면 말씀해주세요."

"묻고 싶은 건 다 물어봐도 좋아."

"그래도 침해하고 싶지……"

"묻고 싶은 건 다 물어봐도 좋다고 했잖아. 대답하기 싫으면 안 하면 그만이야."

허락이 떨어졌다. 나는 준이, 이 빈틈없는 노회한 여인이 어느 지점에 내 관심이 걸렸는지 안다고 생각했다. 그녀는 기다리고 있었다.

"아까 어머니와 아버님이…… 서로에게 집착한다고 하셨잖아요. 그러니까 그게…… 육체적으로 말인가요?"

"제러미, 참으로 자네 세대답군. 이젠 나이도 제법 들어서 내숭스럽게 말할 줄도 알고 말이야. 그래, 섹스, 섹스 이야기를 한 거야."

나는 준이 그 낱말을 쓰는 걸 한 번도 들은 적이 없었다. 전시의 BBC 방송 같은 목소리로 모음을 바짝 조인 그 말은 거의 '식스'처럼 들렸다. 준의 입술에서 그 말은 날것으로, 상당히 음란하게 들렸다. 억지로 입 밖에 꺼내서, 그러고는 역겨움을 극복하기 위해 한번 더 말해서 그랬던 것일까? 아니면 준의 말이 옳았나? 늘 까다로운 편이긴 했지만 60년대 사람인 나도 이 풍성한 말의 향연에 질리기 시작했을까?

성적으로 집착하는 준과 버나드라. 나이들어 서로 적대적인 두 사람의 모습만 보아온 나는 여왕도 변기에 앉는다는 불경한 생각은 차마 못하는 어린아이처럼 그런 두 분을 상상하기 어렵다고 말하고 싶었다.

하지만 그 대신에 이렇게 말했다. "이해할 것 같아요."

"아니, 못할걸." 그녀는 그런 확신이 즐거운 듯 말했다. "당시에 어땠는지 자네가 알 리 없지."

그녀가 말을 하고 있는 동안에도 앨리스처럼, 아니면 점차 넓어지는 시간의 원뿔을 따라 구르던 앨리스가 앞질렀던 파편처럼 이미지와 인상이 공간을 휩쓸었다. 먼지냄새가 풀풀 나는 사무실. 크림색과 갈색으로 번들거리게 칠한 복도 벽. 타자기부터 자동차까지 모두 검정색으로 칠한 묵직하고 잘 만든 일상용품. 난

방이 되지 않는 방, 의심에 찬 집주인 여자. 펑퍼짐한 플란넬 옷을 입고 파이프를 문 우습도록 근엄한 젊은 남자. 허브도 마늘도, 레몬즙이나 와인도 들어가지 않은 음식. 에로티시즘의 한 방편으로 생각되었던 담배를 계속 만지작거리는 행위. 그리고 버스표, 각종 양식, 손으로 칠한—그 외로운 손가락들은 갈색과 검은색과 회색의 심각한 세상 너머를 가리키고 있었다—간판을 비롯하여 어디서나 보이던, 타협을 불허하는 고압적인 라틴어 지침의 권위주의. 그것은 슬로모션으로 폭발하는 고물상이랄까, 내가 품고 있던 그 시대의 모습이었고 거기에는 성적인 집착이 설 자리가 없었으니 준이 그것까지는 감지하지 못하는 게 다행이었다.

"버나드를 만나기 전에 젊은 남자 한둘하고 데이트를 했었지. 그 남자들이 '꽤 괜찮아' 보여서 말이야. 나는 일찍부터 남자들을 집에 데려가서 부모님에게 보고 판단해달라고 인사를 시켰어. 그 남자들이 '선보일' 만했었느냐고? 나는 늘 남자들이 좋은 신랑감인지 재봤어. 내 친구들이 그랬고, 우리가 늘 얘기했던 것도 그런 거였거든. 욕망이라곤 전혀 개입되지 않았지. 적어도 내 욕망은. 그저 남자인 친구, 집과 아기, 주방에 대한 모호하고도 일반적인 소망뿐이었지. 그런 것들은 따로 떼어 생각할 수 없었거든. 남자의 감정이란 여자가 그를 어디까지 허락하느냐의 문제였고. 우린 옹기종기 모여앉아서 그 얘길 많이 했어. 결혼을 한다면 섹스는 치를 수밖에 없는 대가라고. 결혼식 후에 말이야. 그건 힘든 거래지만 그 정도면 합리적이지. 아무 대가 없이는 뭔가를 가질 수 없으니까.

그러다가 모든 게 변한 거야. 버나드를 처음 만나고 며칠 되지 않아서 내 감정은…… 글쎄, 나는 내가 터져버리는 줄 알았어. 제러미, 나는 그 사람을 원했어. 그건 아픔과 비슷했어. 나는 결혼식도 주방도 원치 않았고, 그 남자를 원했어. 그 사람에 대해서 난잡한 환상을 품었어. 여자 친구들에게도 솔직하게 말할 수 없었어. 말했다면 다들 충격받았을 테니까. 난 이런 것에 전혀 준비되지 않았어. 나는 버나드와의 섹스가 절박했고, 겁이 났어. 그 사람이 원한다면, 고집한다면 내겐 다른 선택이 없으리란 걸 알았지. 그 사람도 감정이 격렬하다는 게 확실했어. 그는 뭔가를 요구하는 사람이 아니었지만 어느 날 오후, 지금은 잊어버린 이유로 우린 내 여자 친구의 부모님 집에 단둘이 있게 됐어. 비가 굉장히 많이 왔는데 그래서였나봐. 우린 손님방으로 올라가 옷을 벗기 시작했어. 이제 지난 몇 주 내내 생각해오던 일을 하게 될 참이었지만 나는 무섭고 비참했어. 마치 사형장으로 끌려가는 것처럼……"

그녀는 이상하다는 듯한—왜 비참했을까?—내 표정을 읽고는 얼른 숨을 내쉬었다.

“자네 세대가 모르고, 우리 세대는 거의 잊은 게 있어. 우리가 섹스, 그리고 그와 관련된 모든 것에 여전히 아주 무지하고 기이한 태도를 보였다는 거야. 피임, 이혼, 동성애, 성병. 그리고 혼외임신은 상상도 할 수 없는, 일어날 수 있는 최악의 일이었지. 1920, 30년대 점잖은 가정에서는 임신한 딸들을 정신병원 같은 데 가두곤 했어. 미혼모를 돌봐야 할 기관은 그들을 모욕하고 거리에서 강제로 행진을 시켰어. 여자들은 낙태를 하려고 자살을 했어. 지금 보면 미친 생각이지만 당시 임신한 여자는 다른 모든 사람이 옳고 자기가 미쳤다고, 온갖 수모를 당해도 싸다고 느끼기 십상이었지. 공공기관의 태도 역시 너무 징벌적이고 혹독했어. 경제적인 지원도 물론 없었지. 미혼모는 버림받은 존재이자 불명예였고 벌을 주지 못해 안달인 자선단체나 교회 따위에 의존해야 했어. 다들 우리를 단정한 품행에서 벗어나지 않도록 해줄 끔찍한 경고성 이야기를 대여섯 가지는 알고 있었어. 그날 오후엔 그 이야기들로는 충분하지 않았지만, 그 집 위층의 작은 방으로 계단을 올라가면서 나는 분명 내가 내 운명을 바꾸고 있다는 생각을 했지. 비바람이 작은 방의 유리창을 때렸어, 꼭 오늘처럼. 물론 우린 아무런 피임도 하지 않았고, 난 무지한 탓에 임신이 불가피하다고 생각했어. 그리고 사태를 돌이킬 수 없다는 걸 알았어. 그 점에선 비참했지만 자유를 맛보기도 했어. 아마 범죄자들이 경험하는 그런 자유였을 거야. 범죄에 착수할 때 잠시 맛보는 그런 자유. 난 언제나 대체로 남들의 기대에 부응하며 살아왔지만 그때는 나 자신을 처음으로 알게 되었어. 그리고 그렇게 해야만 했어. 그럴 수밖에 없었어, 제러미. 이 남자에게 가까이 다가가야만 했어……"

나는 작은 소리로 목청을 가다듬었다. "그래서, 음, 어땠나요?" 내가 준 트리메인에게 이 질문을 하고 있다니 믿기 어려웠다. 내가 말해도 제니는 결코 못 믿을 것이다.

준은 한번 더 코웃음을 쳤다. 나는 그토록 생기 넘치는 준의 모습을 본 적이 없었다. "그럴 줄 몰랐었지! 버나드는 세상에서 제일 동작이 서툰 사람이었어. 늘 음료를 엎지르고 들보에 머리를 부딪혔지. 다른 사람한테 담뱃불을 붙여주는 건 거의 시련이었고 말이야. 내가 처음인 게 분명했어. 그는 넌지시 그게 아닌 듯이 암시했지만 그냥 으레 하는 소리였어. 그렇게 보여야 했던 거지. 그래서 난 우리 둘 다 순진하다고 생각했고, 사실 그런 건 상관없었어. 뭐가 어찌됐든 그 사람을 원했으니까. 우린 그 방의 좁은 침대로 올라갔고, 난 무섭고도 흥분되어서 깔깔 웃었지. 자네가 믿을지 모르겠지만 버나드는 천재였어! 연애소설에 나올 법한 모든 표현이 다 어울렸지. 부드럽고 강하고 능숙하고, 게다가 창의적이기까지 했다니까. 일을 마치자 버나드는 우스꽝스러운 짓을 했어. 펄쩍 뛰더니 창가로 달려가서 폭우가 오는데 창을 열어젖혔어. 길고 마르고 허연 몸으로 벌거벗고 서서 가슴을 두드리며 타잔처럼 우우우 외치는데 나뭇잎이 회오리치듯 안으로 들이쳤어. 정말 바보 같았지! 얼마나 웃겼는지 침대에 오줌을 찔끔 지렸다니까. 우린 매트리스를 뒤집어야 했지. 그런 다음엔 카펫에 떨어진 나뭇잎 수백 장을 주웠고. 나는 그 시트를 쇼핑백에 담아 집으로 가져가서 빨고는 친구의 도움을 받아서 다시 그 침대에 깔았지. 나보다 한 살 많은 그 친구는 나한테 정이 딱 떨어져서는 몇 달이나 말도 걸지 않았어!"

사십오 년 전 준이 경험했던 범죄적인 자유 비슷한 것이 속에서 치밀어올라 나는 하마터면 버나드의 '크기'를 입에 올릴 뻔했다. 준이 이따금 크기에 대해 불평하던 것은 지금으로 봐선 그저 증상이었던 걸까? 아니면 역설적이지만 그의 성공의 비결이었을까? 아니면 그의 몸이 워낙 길쭉하다보니 상대적인 판단 착오였나? 하지만 장모에게 물어볼 수 있는 게 있고 없는 게 있을뿐더러, 준은 지금 말을 명확히 하기 위해서 인상을 쓰고 있었다.

"버나드가 우리집에 와서 부모님께 인사드린 건 일주일 후였을 텐데, 월턴카펫에 찻주전자를 통째로 엎었던 것도 분명 그때였을 거야. 그래도 버나드는 성공한 사람이었고 여러모로 완벽했어. 퍼블릭스쿨에 케임브리지를 나왔고, 어른들한테 말하는 태도도 약간 수줍은 듯해서 좋았지. 그렇게 우린 이중생활을 시작한 거야. 우리는 전쟁이 끝나는 즉시 결혼하기로 하고 약혼을 해서 모두를 기쁘게 했던 사랑스러운 젊은 커플이었어. 동시에 이미 시작한 일을 계속했지. 상원의사당과 다른 정부 건물에는 사용하지 않는 방들이 있었어. 버나드가 열쇠를 잘도 구해왔지. 여름에는 애머셤 부근의 너도밤나무숲도 있었고. 그건 중독이고 광기이자 비밀스러운 삶이었지. 그땐 피임을 했지만 그즈음 나는 그런 건 전혀 개의치 않았어.

우리 둘을 넘어선 더 큰 세상에 대해 이야기할 때면 공산주의가 나왔어. 그것이 우리의 또다른 집착이었지. 우리는 전쟁 초기 당의 멍청함을 용서하기로 하고 전쟁이 끝나자마자 직장을 그만둔 다음 입당하기로 했어. 마르크스, 레닌, 스탈린, 앞으로 나아갈 길, 모든 것에 우린 의견이 같았어. 몸과 마음의 훌륭한 결합이었지! 우린 둘만의 유토피아를 건설했고 전 세계 국가가 우리의 모범을 따르는 건 시간문제였어. 이 몇 달이 우리를 형성했어. 지난 수십 년 동안 우리가 겪은 좌절 뒤에는 그 행복했던 나날로 돌아가려는 소망이 있었어. 서로 세상을 다르게 보기 시작한 뒤부터는 우리 앞에서 시간이 달아나는 게 느껴지고 서로에게 참을성이 없어졌어. 의견이 일치하지 않을 때마다 우리가 가능하다고 생각했던 것들에 대한 믿음은 중단되었고, 곧 중단만 이 남게 되었어. 그러다 결국 시간이 다 되고 말았지만 추억은 아직 남아 우릴 비난하고, 우린 아직도 서로를 내버려두지 못해.

고인돌에서 보낸 시간 이후 그날 아침 배운 것은 내게 용기가, 육체적인 용기가 있고 홀로 설 수 있다는 것이었어. 여자로서는 상당한 발견이었지. 적어도 그때는. 어쩌면 운명적인 발견이었는지도 몰라. 재앙과도 같은 발견. 지금은 내가 반드시 홀로 서야만 했는지 확신 못하겠어. 나머지는 말로 하기가 어렵네. 특히 자네 같은 회의주의자한테는."

내가 반기를 들려고 했지만 그녀는 손사래를 치며 말렸다.

"어쨌든 다음에 다시 말하겠네. 이제 피곤해. 자네도 곧 가야 할 테고. 꿈에 대해서도 다시 한번 언급하고 싶어. 자네가 그걸 올바로 이해했으면 하거든."

그녀는 주저하며 그날 오후 마지막으로 말할 힘을 그러모았다.

"다들 내가 그 얘길, 젊었을 때 시골길에서 맞닥뜨린 개 두 마리한테 겁먹었던 얘길 너무 우려먹는다고 생각한다는 거 나도 알아. 하지만 자네도 자기 인생을 이해하게 될 때까지 한번 기다려봐. 그런 시도를 하기엔 너무 늙고 게을러졌다는 걸 깨닫든가, 아니면 나처럼 하게 될 거야. 단 한 가지 사건을 통해, 평범하고 납득할 만한 일에서 놓칠 수도 있었던 것을 표현할 수단을 찾게 되는 거지. 갈등이라든지 심경의 변화라든지 새로운 이해라든지. 그 개들이 겉으로 보이는 이상의 다른 것이었다고 말하는 게 아냐. 버나드의 주장과 달리 난 그 개들이 사탄의 심부름꾼이나 헬 하운드*나 하느님이 보낸 흉조, 아니면 그가 사람들한테 내가 믿는다고 떠드는 다른 무엇이라고도 생각지 않아. 그런데 버나드가 굳이 강조하고 싶어하지 않는 측면이 있어. 다음번에 그를 만나거든 생모리스의 시장이 그 개들에 대해서 우리한테 뭐라고 했었는지 얘기해달라고 해. 기억할 거야. 티월호텔의 테라스에서 보낸 긴 오후였어. 난 그 개들을 신화로 만들지 않았어. 활용한 거지. 그 개들이 날 자유롭게 했어. 난 무언가를 발견했고."

그녀는 시트 너머로 나를 향해 손을 뻗었다. 나는 도저히 손을 내밀어 그 손을 맞잡을 수 없었다. 기자로서의 본능이랄까, 중립성에 대한 묘한 생각이 나를 말렸다. 그녀가 계속 말하는 동안 나는 글씨를 휘갈겨 받아적으며 무중력상태인 듯, 머리가 텅 빈 듯, 평범함과 심오함이라는 두 지점 사이에 붕 뜬 기분이었다. 지금 듣는 이야기가 둘 중 어느 쪽인지 알 수 없었다. 나는 창피해져서 준과 눈이 마주치지 않도록 노트 위로 몸을 숙였다.

"난 악을 맞닥뜨리고 하느님을 알게 되었어. 나는 그걸 내 발

* 지옥의 문지기 개.

견이라고 부르지만 물론 그건 전혀 새로운 게 아니고 나만의 것도 아니지. 모두가 스스로 그런 발견을 해야 해. 사람들은 다양한 말로 그걸 표현하지. 세상의 모든 위대한 종교는 영적 실존이나 신의 계시 같은 것과 접촉한 개개인이 그 경험을 생생하게 기억하려는 시도에서 시작되는 게 아닐까. 대부분 규칙과 관행과 권력 중독 속에서 소실되지만. 그게 종교지. 결국 근본적인 진실만 이해했다면 어떻게 표현하는지는 별로 중요하지 않아. 그러니까 우리 마음속에 무한한 자원이, 보다 고차원적인 존재, 선善이 될 수 있는 잠재력이 있다는 사실을……"

이 말은 전에도 여러 방식으로 들었다. 영성에 관심이 많은 교장, 반정부 성향의 목사, 인도에서 돌아온 옛날 여자친구, 캘리포니아의 전문직 종사자들, 약에 취한 히피들에게서. 준은 내가 의자에서 자세를 고쳐 앉는 걸 보고도 말을 이어갔다.

"하느님이든 사랑의 정신이든 아트만*이든 그리스도든 자연법칙이든 뭐라고 불러도 좋아. 내가 그날, 그리고 그후 숱한 나날 동안 본 건 내 몸을 둘러쌌던 색색의 빛이었어. 하지만 겉으로 보이는 건 중요하지 않아. 중요한 건 그 중심에, 그 내면의 존재에 가닿는 연결고리를 만드는 것, 그것을 더 연장하고 깊이 있게

* 힌두교의 기본 개념 중 하나로 자아를 가리킨다.

만드는 것이지. 그런 다음 밖으로 가지고 나오는 거야, 다른 이들한테. 사랑의 치유력을……"

그다음에 일어난 일을 생각하면 아직도 고통스럽다. 그저 불편한 마음이 너무 강해 나도 어쩔 수 없었다. 더 듣고 있기가 어려웠다. 어쩌면 오랫동안 외롭게 살아왔던 시간이 내 회의주의와 방어적 태도의 자양분이 되었는지도 모른다. 그래서 사랑하고 진보하라, 방어할 수 있는 자아의 핵을 버리고 보편의 사랑과 선이라는 따뜻한 우유에 녹아들게 하라는 부르짖음에 저항하게 되었는지도. 그것은 내가 얼굴을 붉히는 종류의 이야기였다. 나는 그런 식으로 말하는 사람들에게 얼굴을 찌푸린다. 나는 그렇게 생각하지 않는다. 믿지 않는다.

나는 다리에 쥐가 났다고 둘러대며 일어섰지만 동작이 너무 빨랐다. 의자가 뒤로 젖혀지다가 큰 소리를 내며 수납장에 부딪혔다. 화들짝 놀란 건 나였다. 그녀는 이야기를 끊어 죄송하다는 말을 꺼내는 나를 슬며시 재미있어하며 지켜보았다.

그녀가 말했다. "알아. 이야기를 듣는 건 피곤하지. 나도 그래. 내 말이 무슨 뜻인지 알려줄 수 있다면 다음번에 하는 게 낫겠어. 다음번에……" 그녀에게는 내 불신에 반격할 힘이 남아 있지 않았다. 오후도 막바지에 다다랐다.

무례를 다시 한번 사과하려는 나의 말 위에 준의 말이 겹쳐졌다. 어조는 가벼웠지만 충분히 기분이 상했을 법했다.

"가기 전에 저 찻잔들 좀 씻어주겠나. 고맙네, 제러미."

그녀에게 등을 돌린 채 개수대에 서 있는 동안 준이 침대 속으로 깊숙이 자리잡으며 한숨 쉬는 소리가 들렸다. 밖에서는 나뭇가지들이 여전히 바람에 흔들렸다. 잠시, 나는 곧 세상에 다시 합류한다는 게 무척이나 기뻤다. 서쪽으로 부는 이 바람은 나를 다시 런던으로, 나의 현재로, 준의 과거 밖으로 데려갈 것이다. 찻잔과 받침의 물기를 닦고 선반 위 제자리에 갖다놓으며 나는 무례한 행동에 대해 더 나은 사과의 말을 짜내려고 해보았다. 영혼, 사후세계, 의미로 가득한 우주. 기꺼운 그 믿음이 주는 바로 그 편안함이 나를 고통스럽게 했다. 신념과 이기심은 서로 너무도 긴밀하게 얽혀 있다. 준에게 그 말을 어떻게 한단 말인가? 준을 향해 돌아섰을 때 그녀는 이미 눈을 감았고 호흡은 이미 얕은 리듬으로 잦아들어 있었다.

하지만 아직 잠든 것은 아니었다. 침대 곁에 있는 가방을 챙기는데 그녀가 눈을 감은 채 말했다. "꿈 이야기를 다시 하고 싶었는데."

그것은 내 노트에 기록되어 있다. 사십 년 동안 그녀를 괴롭혀 온, 잠들기 전에 찾아오는 짧고 변함없는 꿈. 개 두 마리가 오솔길을 따라 협곡 안으로 뛰어가고 있다. 큰 개는 하얀 돌멩이 위에 선명한 핏자국을 남긴다. 준은 인근 마을의 시장이 그 개들을 추적할 사람을 풀지 않았다는 걸 안다. 개들은 높은 벼랑이 드리운 그림자 속으로, 덤불 속으로 내려갔다가 다른 방향으로 올라간다. 다시 개들이 보인다. 협곡 너머 산 쪽으로 멀어지고 있는데도 바로 지금 이 순간 그녀를 공포로 뒤흔든다. 그녀는 개들이 다시 오리라는 걸 안다.

나는 그녀를 안심시켰다. "이미 잘 적어두었어요."

"내가 아직 반쯤 깨어 있을 때 찾아온다는 걸 기억해야 돼. 제러미, 난 정말로 그 개들이 보여."

"잊지 않겠습니다."

그녀가 눈을 감은 채 고개를 끄덕였다. "혼자서 나갈 수 있겠나?"

그건 농담에 가까웠다. 약화된 빈정거림이었다. 나는 몸을 숙여 그녀의 뺨에 입을 맞추고 귓가에 속삭였다. "그럴 수 있을 거 같은데요." 그런 다음 방을 조용히 가로질러 복도로 나와서 소용돌이무늬의 붉고 노란 카펫을 밟으며 나는 그곳을 떠날 때 늘 그러듯 이번이 마지막이라고 생각했다.

그것이 정말 마지막이었다.

사 주 뒤 그녀는 '자다가 평화롭게' 숨을 거뒀다. 제니에게 전화를 걸어 소식을 알린 수간호사가 그렇게 말했다. 우리는 그런 식이었으리라고는 믿지 않았지만 그 말을 의심하고 싶지도 않았다.

준은 체스트넛 리치 부근 마을의 교회 묘지에 묻혔다. 우리는 아이들과 조카 둘을 데리고 차를 몰고 내려가서 버나드까지 함께 태우고 갔다. 불편한 여정이었다. 날은 더웠고 차 안은 비좁았으며 공사중인 고속도로는 심하게 정체되었다. 버나드는 앞좌석에 앉아 가는 내내 말이 없었다. 이따금 일이 초 동안 두 손으로 얼굴을 가렸다. 대부분은 앞만 응시했다. 우는 것 같진 않았다. 제니는 뒷좌석에서 아기를 무릎에 앉히고 앉아 있었다. 제니 옆에서는 아이들이 죽음에 대해 이야기했다. 우리는 대화를 다른 쪽으로 유도하지 못한 채 어쩔 수 없이 듣고 있어야 했다. 네 살 된 우리 아들 알렉산더는 그토록 좋아하는 할머니를 나무상자에 넣어 땅속 구덩이로 내린 다음 흙으로 덮는다는 데 기겁을 했다.

"할머니 그거 안 좋아해." 아이는 자신 있게 말했다.

알렉산더의 일곱 살 난 사촌 해리는 사실만을 따졌다. "할머닌 죽었어, 바보야. 죽어서 돌처럼 차갑다고. 우리가 땅에 묻든 말든 아무것도 몰라."

"그럼 언제 돌아오는데?"

"다시는 안 돌아와. 죽으면 안 돌아오거든."

"근데 언제 돌아오냐고?"

"절대, 절대, 영원히 안 돌아와. 할머니는 천국에 있어, 바보야."

"할아버지, 할머니 언제 돌아와? 언제 와, 할아버지?"

그토록 먼 곳에서도 사람이 많이 모여 다행이었다. 노르만양식의 교회로 이어지는 도로를 따라 풀이 무성한 길가에 차량들이 비스듬히 세워져 있었다. 자동차들의 뜨거운 지붕 위로 공기가 아지랑이처럼 피어올랐다. 나는 최근에야 장례식에 꾸준히 참석하기 시작했는데, 그때까지는 에이즈로 죽은 세 친구의 종교색이 전혀 없는 장례식에만 가봤을 뿐이었다. 오늘 같은 성공회의 장례식은 영화에서 더 많이 보았다. 셰익스피어의 위대한 대사처럼, 입관 설교에서 파편처럼 점점이 기억에 남은 것은 몇몇 뛰어난 문장, 책 제목들, 한때 살아 숨쉬었으나 죽어가는 반복적인 운율, 그리고 척추를 따라 저릿하게 흐르던 긴장감이었다. 나는 버나드를 지켜보았다. 그는 손을 늘어뜨리고 신부 오른쪽에 서서 차 안에서 그랬듯이 앞만 바라보며 자신을 잘 추스르고 있었다.

장례식이 끝난 후 나는 준의 옛친구들에게서 떨어져나온 버나드가 묘석들 사이를 배회하며 여기저기 멈춰 서서 비문을 읽으며 주목 쪽으로 다가가는 걸 보았다. 그는 팔꿈치를 묘지 벽에 기대고 나무 그늘에 섰다. 대략 준비해둔 어색한 몇 마디를 건네려고 다가갈 때 그가 벽 너머로 준의 이름을 부르는 소리가 들렸다. 더 가까이 가보니 그는 흐느끼고 있었다. 그는 기다란 몸을 앞으로 숙였다가 폈다. 그는 그늘 속에서 일어났다 앉기를 반복하며 울었다. 나는 사생활을 침범한 듯한 죄책감을 느끼며 서둘러 방향을 돌려 무덤을 흙으로 덮고 있는 두 남자를 지나 한담 중인 사람들을 만나러 갔다. 여름 공기가 묘지 밖 도로를 따라 주차된 자동차들을 지나고 풀이 웃자란 들판 입구 쪽으로 불어나가며 그 속에서 슬픔은 희미해져갔다. 들판 한가운데에는 더위 때문에 옆면을 말아올린 크림색 천막이 있었다. 내 뒤쪽으로는 마른 흙과 돌멩이가 교회지기의 삽날에 부딪혀 달그락거렸다. 앞쪽에 보이는 광경은 준이 생전에 상상했을 모습이었다. 아이들이 천막의 밧줄을 넘나들며 노닐고, 풀을 빳빳이 먹인 흰 재킷 차림의 웨이터들이 하얀 보를 씌운 임시 테이블 뒤쪽에서 마실 것을 따르고, 조문객 중 한 젊은 커플이 벌써 가장 먼저 도착해 푸른 풀밭에서 한가로운 시간을 보내고 있었다.

2부

베를린

이 년이 조금 더 지난 11월의 어느 아침 여섯시 삼십분이었다. 깨어보니 제니가 침대에, 내 곁에 있었다. 스트라스부르와 브뤼셀에 열흘 동안 있다가 밤늦게 돌아온 것이다. 우리는 돌아누우며 잠에 겨운 포옹을 했다. 이런 작은 재회는 가정사의 가장 달콤한 기쁨이다. 제니가 친숙하면서도 새롭게 느껴졌다. 사람은 혼자 자는 데 얼마나 쉽게 익숙해지는가. 제니는 눈을 감은 채 살며시 웃는 얼굴로, 몇 해를 지나면서 그녀에게 꼭 맞게 변해버린 듯한 내 쇄골 아래쪽에 뺨을 댔다. 아이들이 깨서 엄마가 온 걸 알기 전에 우리에게 남은 시간은 기껏해야 한 시간, 혹은 그보다 더 적었다. 제니가 혹시라도 마지막 비행기를 타지 못할까봐 엄마의 귀가에 대해 모호하게 말해뒀던 터라 아이들은 더 신이 날 것이었다. 나는 팔을 뻗어 그녀의 엉덩이를 꽉 붙잡았다. 그녀의 손이 내 배를 가볍게 가로질렀다. 나는 제니의 새끼손가락 옆에 있는 친근한 작은 혹을 찾아 더듬었다. 제니가 태어나자마자 제거된 여섯번째 손가락이 있던 자리였다. 제니의 어머니는 손가락 개수가 곤충의 다리 수와 똑같았다고 말하곤 했다. 졸다가 잠깐씩 중단되었는지도 모를 몇 분 후, 우리는 결혼생활의 특권이자 타협인 다정한 사랑의 행위를 시작했다.

침대 곁 협탁에서 전화벨이 울린 것은 우리가 다급한 쾌락으로 잠에서 깨어나 서로를 위해 더 열심히 몸을 버둥거리고 있을 때였다. 전화선을 뽑아놨어야 하는 건데. 우리는 서로를 바라보았다. 아직 이른 시각이니 특별한, 어쩌면 비상상황인지도 모른다는 데 말없이 의견을 같이했다.

전화할 가능성이 높은 것은 샐리였다. 샐리는 두 번 우리집에 들어와 살았는데, 계속 데리고 있기에는 우리 가정생활에 부담이 컸다. 샐리는 그보다 몇 년 전 스물한 살의 나이에 결혼했는데 남자가 샐리를 때리고 아이를 하나 남겨놓고 떠났다. 이 년 후, 샐리는 어린 아들을 키우기에 너무 난폭하다는 이유로 부적격 판정을 받았고 아이는 이제 수양부모의 손에 자라고 있다. 수 년이 지나 샐리는 알코올중독을 극복했지만 또다시 재앙에 가까운 결혼을 하고 말았다. 지금은 맨체스터에 있는 한 호스텔에서 지내고 있다. 엄마인 우리 누나 진은 죽었고 샐리는 우리에게 심적으로 의지하고 있다. 돈을 달라고 한 적은 한 번도 없었다. 나는 샐리의 불행한 인생이 내 책임이라는 생각을 떨칠 수 없었다.

제니는 똑바로 누워 있어서 내가 반대쪽으로 몸을 기울였다. 하지만 샐리가 아니라 버나드였고, 그는 벌써 말을 반쯤 시작한 터였다. 아니, 말을 하는 게 아니라 흥분해서 그저 떠들고 있었다. 뒤쪽에서 흥분한 말소리가 들리더니 경찰차의 사이렌소리가 이어졌다. 나는 말을 멈추려고 장인을 불러보았다. 내가 알아들을 수 있던 첫번째 말은 "제러미, 듣고 있나? 아직 거기 있어?"였다.

그의 딸의 몸속에서 내가 줄어드는 게 느껴졌다. 나는 멀쩡한 어조를 유지했다. "아버님, 한마디도 못 알아들었어요. 다시 말씀해보세요, 천천히."

제니는 자기가 전화를 받겠다는 신호를 했다. 하지만 버나드가 다시 말을 시작했다. 나는 고개를 가로젓고는 시선을 베개로 돌렸다.

"라디오를 켜봐, 사위. 아니면 텔레비전, 그래, 그게 더 낫겠다. 사람들이 몰려나오고 있어. 봐도 못 믿을 거야……"

"아버님, 누가 어디서 몰려나와요?"

"방금 말했잖아. 지금 장벽을 무너뜨리고 있어! 믿기 힘들지만 지금 내 눈으로 똑똑히 보고 있어. 동베를린 사람들이 벽을 뚫고……"

맨 처음 머릿속에 떠오른 이기적인 생각은 당장 내게 요구되는 일이 없다는 거였다. 침대를 빠져나가서 뭔가 유용한 일을 할 필요는 없었다. 나는 버나드에게 다시 전화드리겠다 말하고 수화기를 내려놓은 뒤 제니에게 소식을 알렸다.

"대단하군."

"굉장하지."

우리는 그 엄청난 중요성에 어느 정도 거리를 두고자 최선을 다했다. 아직 세상에, 옷을 다 갖춰 입은 사람들이 땀흘려 수고하는 사회에 속하지 않았기 때문이었다. 지금은 중요한 원칙이, 개인의 삶이 가장 중요하다는 원칙이 위태로운 상황이다. 그래서 우리는 하던 일을 다시 시작했다. 하지만 마법은 이미 풀리고 말았다. 환호하는 군중의 소리가 우리 침실의 아직 희붐한 아침 공기를 뚫고 밀려들었다. 우리 둘 다 다른 세상에 있었다.

마침내 "아래층으로 내려가 좀 보자"라고 말한 건 제니였다.

우리는 가운을 입고 거실에 서서 머그로 차를 마시며 텔레비전을 응시했다. 앉는 건 옳지 않은 일인 것만 같았다. 나일론 아노락과 탈색한 청재킷 차림의 동베를린 사람들이 유모차를 밀거나 아이들의 손을 잡고 찰리 검문소를 검문 없이 통과해 열을 지어 행진했다. 카메라는 뜨거운 포옹을 하는 사람들 사이로 빠르게 비집고 들어갔다. 텔레비전 조명 때문에 안색이 시체를 먹는 악귀 같은 한 여인은 눈물이 그렁해서는 두 손을 내밀고 말을 하러 나섰으나 목이 메어 말을 잇지 못했다. 서베를린의 군중은 우스꽝스러운 모양새의 트라반트가 자유를 찾아 용감히 코를 들이밀며 들어설 때마다 환호와 함께 환영의 표시로 차 지붕을 탕탕 두드렸다. 한 자매는 인터뷰 요청에도 서로 부둥켜안고는 떨어질 줄 몰랐다. 제니와 눈물을 글썽이고 있는데, 아이들이 뛰어와 엄마에게 인사하면서 우리집 거실 카펫 위에서도 뜨거운 포옹과 상봉의 장면이 펼쳐져 가슴 벅찬 베를린 풍경의 감격이 고스란히 전해졌다. 제니는 아예 대놓고 울기 시작했다.

한 시간 뒤 버나드에게서 다시 전화가 왔다. 버나드가 나를 '사위'라고 부르기 시작한 지는 사 년이 되었다. 필시 개릭 클럽*에 가입하고부터였다. 제니의 주장에 따르면 '동지'에서 '사위'까지의 거리는 그만큼 멀었다.

"사위. 가능한 한 빨리 베를린으로 건너가고 싶네."

"좋은 생각입니다." 나는 곧장 말했다. "가셔야죠."

"비행기 좌석이 아주 귀해. 다들 가고 싶어하거든. 오늘 오후

---

* 런던의 유명 예술인, 법조인의 배타적인 사교클럽.

출발편에 좌석 두 개를 예약해두었네. 한 시간 뒤 여행사에 탑승을 확정해줘야 해."

"아버님, 저는 프랑스로 출장을 갑니다."

"들렀다 가면 되지. 역사적인 순간이잖아."

"다시 전화드리겠습니다."

제니는 신랄했다. "아버지는 당신의 '큰 실수'가 시정되는 걸 가서 봐야 직성이 풀리겠지. 가방 들어줄 사람이 필요한 거고."

제니가 그렇게까지 말한 이상 나는 거절할 준비가 되어 있었다. 하지만 아침을 먹으면서 주방 싱크대 옆에 갖다놓은 휴대용 흑백텔레비전에서 들려오는 금속성 승리의 함성에 도취되어 다급한 흥분을 느꼈다. 집안일을 며칠 돌보고 나니 모험이 필요했다. 텔레비전 수상기에서는 다시 작은 포효가 들려왔고, 나는 FA컵 결승일에 문 잠긴 운동장 밖에 버려진 아이 같은 기분이 되었다. 나 없이 역사가 일어나고 있었다.

아이들을 어린이집과 학교에 데려다주고 나서 나는 제니에게 다시 말을 꺼냈다. 제니는 집에 돌아와 기분이 좋은 상태였다. 줄곧 무선전화기를 손닿는 곳에 두고 방마다 다니며 내가 돌보는 동안 시들시들해진 집안의 화분들을 살폈다.

"가." 그것이 제니의 권고였다. "내 말 신경쓰지 마. 부러워서 그러는 거니까. 하지만 가기 전에 시작한 일은 끝맺어."

그보다 더 좋을 순 없었다. 나는 몽펠리에 직항편을 베를린과 파리를 경유하는 노선으로 조정하고 버나드에게 좌석 예약 확답을 주었다. 베를린에 전화를 걸어 친구 귄터에게 그의 아파트를 빌릴 수 있겠느냐고 물었다. 그런 뒤 버나드에게 전화를 걸어 두 시에 택시로 모시러 가겠다고 말했다. 약속들을 취소하고 지시 사항을 남기고 짐을 쌌다. 텔레비전에서는 100마르크를 받으려고 기다리는 동베를린 사람들이 은행 밖에 길게 줄을 서 있었다.* 제니와 나는 침실로 돌아가 한 시간을 보냈고 제니는 약속이 있어 서둘러 나갔다. 나는 가운 차림으로 주방에 앉아 남은 음식을 데워 이른 점심을 먹었다. 휴대용 텔레비전을 보니 베를린장벽의 다른 부분들도 뚫려 있었다. 전 세계에서 사람들이 베를린으로 몰려들고 있었다. 성대한 파티가 열리고 있었다. 기자들과 방송사 스태프들은 미처 호텔방도 잡지 못했다. 사랑을 나눈 뒤 기운이 나고 정신이 맑아진 나는 다시 위층으로 올라와, 샤워기 밑에 서서 이탈리아어 가사가 드문드문 기억나는 베르디의 오페라를 큰 소리로 부르며 풍요롭고 흥미로운 내 인생을 자축했다.

한 시간 반 뒤, 나는 택시를 애디슨 로드에 세워놓고 버나드의 아파트 계단을 단숨에 뛰어올라갔다. 그는 열린 문간 바로 안쪽

* 서독 정부가 동독 시민들을 위해 1인당 100서독마르크의 환영금을 지급했다.

에서 모자와 코트를 들고 가방을 발치에 둔 채 기다리고 있었다. 그는 최근에야 유난스럽게 뭐든 꼼꼼히 챙기려는 노인 특유의 버릇이 생겼다. 못 미더운 기억력을 보완하기 위해 별수없이 조심하는 것이었다. 내게 가방을 맡기고(제니의 말이 맞았다) 문을 열려는 찰나, 그는 이미 얼굴을 찡그리며 검지를 들어올리고 있었다.

"마지막으로 한 번만 더 돌아보고."

가방을 내려놓고 그를 따라 안으로 들어가니 그가 식탁에서 집 열쇠와 여권을 집어드는 참이었다. 그는 내가 뭐랬어, 하는 표정으로 그것들을 들어 보였다. 마치 내가 물건을 잊은 사람인 듯이, 그리고 그는 칭찬을 들어야 마땅한 듯이.

나는 전에도 버나드와 런던의 택시를 같이 탄 적이 있었다. 그의 다리는 거의 칸막이까지 닿았다. 자동차가 아직 1단 기어를 넣고 이제 막 움직이려 할 때 버나드는 턱밑에 두 손끝을 모으며 말을 꺼냈다. "그러니까 요점은……" 그의 목소리에는 준의 빠르고 명료한, 전시의 고위 공무원 같은 특징이 없었다. 대신 약간 톤이 높고 발음이 너무 정확한 편이었다. 리턴 스트레이치나 맬컴 머거리지*가 아마 그랬을 텐데, 옛날에 교육받은 웨일스 남

* 각각 영국의 전기 작가, 언론인.

자들이 말하던 식이었다. 버나드를 이미 알고 좋아하는 사람이 아니라면 젠체하는 것으로 들릴 말투. "요점은 독일의 통일이 불가피하다는 거야. 러시아는 무력을 쓰겠다고 벼르고 프랑스도 무기를 휘두르지, 영국은 우유부단하지. 미국은 또 뭘 원하는지, 뭘 제일 입맛에 맞아할지 누가 알겠어. 하지만 그런 건 다 상관없어. 독일은 통일될 거야. 사람들이 원하고 헌법에 규정되어 있으니까. 아무도 막을 수 없지. 조만간 통일이 될 거야. 정신이 올바로 박혔다면야 그 영광을 후임자한테 넘길 수상은 없어. 그리고 서독이 요구하는 조건대로 될 거야. 비용을 부담할 당사자가 서독이니까."

그는 모든 의견을 기정사실인 것처럼 표현하는 경향이 있었고, 그의 확신에는 은근한 힘이 있었다. 내가 할 일은 다른 견해를, 진심이든 아니든 상관없이 다른 관점을 제시하는 것이었다. 버나드의 사적인 대화 습관은 수년에 걸친 공개 토론으로 형성된 것이었다. 상반되는 견해끼리 상당한 토의를 거친 후에야 진실에 다가가는 것이다. 히스로공항으로 가는 길에 나는 동독인들이 동독 체제의 일부 특징에 애착을 갖고 있을 테니 동화하기가 그리 쉽지는 않을 것이고, 소련이 독일민주공화국*에 수십만

* 동독의 정식 명칭.

병력을 두고 있으니 원한다면 결과에 영향을 미칠 수 있을 터이며, 실용적, 경제적인 면에서 두 체제를 결합하는 데는 수년이 걸릴 수도 있다고 그의 기대에 부응해 반론을 펼쳤다.

그는 만족스러운 듯 고개를 끄덕였다. 손가락은 여전히 턱을 받친 채 반박을 준비하며 내가 말을 마치길 기다렸다. 그는 체계적으로 내 주장을 차례차례 처리했다. 동독이라는 국가에 반대하는 대중의 모멘텀은 이미 거대해져서 애착이 남았다 해도 향수 정도로 뒤늦게나 발현될 만한 상황에 도달했다. 소련은 동유럽의 위성국 통제에 관심을 잃었고, 군사적인 면을 제외하고는 어떤 의미에서도 더는 초강대국이 아니며 서방의 선의와 독일의 돈이 절실히 필요하다. 통일이 초래할 실질적인 난관으로 말할 것 같으면 나중에, 정치적인 연합으로 서독 수상이 역사책에서 입지를 확보한 다음, 감사에 찬 신규 유권자 수백만 명과 더불어 다음 선거에서 승리할 가능성을 확보한 다음 대응해도 된다.

버나드는 말을 계속하느라 우리가 내려야 할 공항 터미널에 도착했다는 걸 깨닫지 못한 듯했다. 내가 몸을 앞으로 숙여 요금을 정산하는 동안 그는 내 세번째 주장을 길게 반박하고 있었다. 택시 기사는 자리에서 몸을 돌려 미닫이 유리문을 열고 이야기에 귀를 기울였다. 오십대인 그는 완전히 대머리에 아기 같은 얼굴의 소유자로, 크고 강렬한 형광빛 푸른 눈으로 우리를 뚫어져라 보았다.

버나드의 말이 끝나자 기사가 끼어들었다. "그렇다고 칩시다. 그다음엔 어떻게 되는데요, 형씨? 독일놈들이 다시 권력을 휘두르고 다닐 거 아닙니까. 그럼 귀찮은 일이 시작되겠죠……"

버나드는 기사가 입을 여는 순간 움찔하면서 주섬주섬 가방을 챙겼다. 독일통일의 여파가 논쟁의 다음 주제였을 테지만 버나드는 거기에 말려드는 대신 일 분도 거드름을 피우지 않고 망신스러운 듯 얼른 차에서 내렸다.

"그럼 안정은 어떻게 되느냐고요!" 기사는 말했다. "권력의 균형은요? 동구권으로 보자면 러시아가 쓰러지고 있고 폴란드니 뭐니 하는 약소국들은 젠장, 빚이 산더미에 이것저것 다 골머리를 썩고……"

"네, 네, 그 말이 맞습니다. 걱정이 안 될 수 없지요." 버나드는 보도로 내려서서 안도하며 말했다. "제러미, 이번 비행기를 놓쳐선 안 돼."

기사는 손잡이를 돌려 창유리를 내렸다. "서방에는 영국이 있죠. 그렇지만 영국은 사실 유럽 선수라고 볼 수 없잖아요. 아직 미국 밑이나 핥고 있으니. 내 말이 심했다면 미안합니다. 그럼 프랑스가 남죠. 젠장, 프랑스라니!"

"잘 가요, 고맙습니다." 버나드는 그를 어르고는 거리를 확보하기 위해 자기 가방까지 들고 휘적휘적 달아날 태세를 취했다. 나는 공항 터미널의 자동문에 이르러서야 그를 따라잡았다. 그는 가방을 내 앞에 내려놓고 오른손으로 왼손을 비비며 말했다. "택시 기사들의 일장 연설은 도대체 들어줄 수가 없다니까."

나는 그 말도 이해했지만 버나드가 논쟁 상대를 너무 까다롭게 가린다고도 생각했다. "아버님이 대중과 호흡하는 법을 잊으신 거죠."

"알았던 적도 없어, 사위. 내겐 사상뿐이었지."

이륙 후 반시간 뒤에 우리는 음료 트롤리에서 샴페인을 주문해선 '자유'를 위해 건배를 들었다. 그리고 버나드는 대중과 호흡하는 법으로 화제를 돌렸다.

"준은 그 방법을 알았지. 누구와도 잘 어울렸어. 준이었다면 아까 그 택시 기사의 말을 받아줬을 거야. 나중에 은둔자가 되어버린 사람이, 놀라운 일이지. 공산주의자로서는 사실 나보다 훨씬 더 나았어."

요즘은 준 얘기가 나오면 나는 죄책감에 가슴이 뜨끔했다. 1987년 7월 그녀가 세상을 떠난 후로 나는 메모를 분류해 서류철에 보관해두었을 뿐 회고록에서 손을 놓고 있었다. 직장(나는 교과서를 전문으로 하는 작은 출판사를 운영하고 있다), 가정, 지난해에 한 이사 등 뻔한 변명거리로도 마음이 편해지지 않았다. 어쩌면 프랑스에, 베르주리와 그와 관련된 곳들에 한번 다녀와야 다시 발동이 걸릴 모양이었다. 그리고 버나드에게 확인하고픈 것도 아직 있었다.

"어머니는 그 말을 별로 칭찬이라고 생각하지 않으셨을 거 같은데요."

버나드가 아크릴유리로 만든 잔을 들어올리자 기내로 흘러드는 햇빛이 샴페인에 굴절되었다. "요즘 같은 때 누가 그 말을 칭찬으로 여기겠나. 하지만 준도 일이 년은 호랑이처럼 맹렬하게 대의를 수호했어."

"비스강 협곡 사건 전까지는요."

그는 내가 자극을 하면 알았다. 좌석 깊숙이 몸을 묻고 나를 보지 않은 채 빙긋 웃었다. "또 회고록 얘긴가?"

"제가 할 일을 할 때가 된 거지요."

"우리 둘이 다퉜던 이야기는 준이 하던가? 이탈리아에서 돌아오는 길에 프로방스에서 있었던 일인데, 협곡에 도착하기 적어도 일주일 전."

"언급하셨던 것 같지 않은데요."

"이름은 잊어버린 어느 작은 마을의 기차역 승강장이었어. 보통열차를 타고 아를로 가려던 길이었어. 그저 열차가 설 뿐 지붕도 없이 지독하게 파손된 역이었지. 대합실은 불타버렸고. 날이 더웠는데 그늘도 없고 앉을 데라고는 전혀 없었어. 우리는 피곤했고 기차는 늦어졌어. 역에는 우리뿐이었지. 결혼생활의 출발점으로 완벽한 조건이랄까.

기다리다가 잠깐 준한테 짐을 맡겨두고 나는 승강장이 끝나는 지점까지 걸었어. 왜 시간이 늘어질 때 흔히들 그러듯이 말이야. 역은 엉망이었어. 전에 타르나 페인트를 쏟은 것 같았어. 포석이 다 빠지고 무성하게 자란 잡초는 더위에 말라붙었지. 철로에서 먼 뒤쪽으로는 철쭉이 수풀을 이루고 있었는데 그래도 제법 잘 자랐더군. 꽃을 보고 감탄하는데 철쭉 잎사귀에서 뭔가 움직이는 게 눈에 띄었어. 가까이 가서 봤더니 거기 녀석이 있었어. 잠자리였지. 고추잠자리. 심페트룸 상귀네움. 수컷 있잖아. 아주 새빨간. 희귀하지는 않지만 특별히 크고 아름다운 녀석이었어.

놀랍게도 나는 두 손에 놈을 가둘 수 있었어. 승강장을 따라 준에게 돌아가서 고추잠자리를 그녀의 손안에 넘겨준 다음 가방을 뒤져 내 여행용 키트를 꺼냈어. 거기서 살충병을 꺼낸 다음 준에게 잠자리를 넘겨달라고 했지. 여전히 두 손으로 이렇게 둥근 공간을 만들고 있던 준이 이상한 표정으로, 무시무시하다는 표정으로 물었어. '뭘 하려고 그래?' 그래서 내가 말했지. '집에 가져가고 싶어.' 준은 다가오지 않았어. 그리고 말했지. '이걸 죽이겠다는 말이네.' '당연하지.' 내가 말했어. '굉장히 아름다운 놈이야.' 이때쯤 준은 냉랭해져선 논리적으로 따졌어. '아름다워서 죽이고 싶다?' 그런데 준은 자네도 알다시피 시골에서 자라 생쥐든 들쥐든 바퀴벌레든 말벌이든 정말 해가 된다면 죽이는 걸 별로 주저하지 않는 사람이었어. 날도 무척 더웠고 곤충의 권리에 대한 윤리적 토론을 할 시점은 아니었어. 그래서 내가 말했지. '준, 그냥 이리 내놓기나 해.' 어쩌면 그게 너무 거칠었는지도 몰라. 준은 반 발짝 뒤로 물러났고, 금세라도 잠자리를 놓아줄 기세였어. 그래서 말했지. '준, 이게 나한테 얼마나 중요한지 알잖아. 그걸 놔주면 절대 용서하지 않겠어.' 준은 몹시 갈등했어. 내가 같은 말을 반복하자 그제야 다가오더니 크게 언짢은 기색으로 잠자리를 내 손에 넘겨주곤 놈이 살충병에 들어가는 걸 지켜봤어. 내가 물건들을 다시 챙겨넣을 때는 잠잠하더니 아무래도 잠자리를 풀어주지 않았다는 자책감 때문인지 별안간 화를 내며 펄펄 뛰었어."

음료 트롤리가 다시 오자 버나드는 샴페인을 한 잔 더 받을까 망설이다가 그러지 않기로 했다.

"최고의 질책이 늘 그렇듯이 이야기는 세부적인 문제에서 일반론으로 순식간에 옮겨갔어. 이 불쌍한 곤충에 대한 태도는 준을 비롯한 대부분의 대상을 대하는 나의 전형적인 태도라고, 내가 냉정하고 이론적이고 오만하다고 했지. 결코 감성을 표현한 적이 없고 준이 표현하는 것도 막는다고. 내가 자기를 주시하고 분석해서 자기는 내가 수집하는 곤충 같다더군. 내가 관심 있는 것은 추상적인 개념뿐이래. 준의 표현을 빌리면 나는 '신의 창조물'을 사랑한다고 주장하지만 실은 통제하고 질식시키고 이름을 붙이고 정렬하기를 원했다는 거야. 정치관도 같은 맥락이었어. 내가 싫어하는 건 불의라기보다는 무질서라더군. 내가 매료된 것은 인간의 우애보다는 인간을 효율적으로 정돈하는 거고. 내가 원하는 것은 병영처럼 질서정연한, 과학적 이론으로 정당화할 수 있는 사회고. 이글거리는 태양 아래 그렇게 서서 준은 소리쳤어. '당신은 노동계급을 좋아하지도 않아! 말도 안 섞잖아. 그들이 어떤 사람들인지 몰라. 그들을 경멸해. 그저 그들을 당신의 망할 곤충들처럼 가지런히 정렬하고 싶을 뿐이라고!'"

"그래서 뭐라고 하셨는데요?"

"처음엔 별말 하지 않았어. 내가 그런 소란을 싫어하는 거 알잖나. 계속 이런 생각이 들었지. 내가 결혼한 이 사랑스러운 여자가 날 미워하는구나. 이런 끔찍한 실수가 있나! 그런 다음에는 나도 뭔가 말을 해야 했으니 내 취미를 방어하기 시작했어. 준한테 그랬지. 사람들은 대부분 본능적으로 곤충의 세계를 싫어하고 곤충학자만이 곤충에 주목하고 곤충과 곤충의 수명을 연구하고 대체로 곤충을 아껴. 곤충의 이름을 정하고 일정 군과 하위 군으로 분류하는 일은 곤충학자의 작업에서 중요한 부분이야. 세상의 일부에 이름을 붙이면 그 대상을 사랑하게 돼. 곤충 몇 마리를 죽이는 것은 더 큰 그림에서 보면 아무 일도 아냐. 희귀종이라 해도 개체수가 굉장히 많고. 게다가 서로 유전적 복제물이어서 개체를 논하는 건 말이 안 돼. 곤충의 권리는 더더욱. '봐, 또 시작이잖아.' 준이 그러더군. '당신은 나하고 얘기하는 게 아냐. 나한테 강의를 하고 있다고.' 그제야 슬슬 열이 오르기 시작하더군. 나는 계속 말했지. 정치관은 말이지, 그래, 나는 사상을 좋아해. 그게 뭐가 나쁘지? 내 입장에 동의하고 안 하고 그걸 논박하고는 상대 문제지. 그래도 그건 맞는 말이었어, 나는 노동계급 사람들과 있는 게 어색했어. 그렇다고 그들을 경멸한다는 뜻은 아니지. 그건 말도 안 되잖아. 나라면 그들이 나와 있는 게 어색하다 해도 십분 이해할 거 같은데. 준에 대한 마음을 말하자면, 그래, 나는 대단히 감성이 풍부하지는 않았지만 그렇다고 감정이 없다는 뜻은 아니지. 그건 그저 내가 그렇게 자라왔기 때문이고, 준이 알아야겠다면 나는 그녀를 말로 표현할 수 있는 것보다 훨씬 더 사랑했고 그건 분명했어. 그리고 내 표현이 충분치 않았다면, 글쎄, 그건 유감이지만 앞으로는 더 자주 하겠다고 했지, 필요하다면 매일이라도.

그런데 특별한 일이 일어났어. 실은 두 가지 일이 동시에 일어났지. 내가 이 모든 말을 쏟아내고 있는데 우리가 탈 기차가 덜컹거리며 연기와 증기를 엄청나게 뿜어대면서 들어왔어. 기차가 막 섰을 때 준이 갑자기 울음을 터뜨리며 나를 와락 끌어안고는 임신 소식을 알리더니, 작은 곤충을 손안에 품고 있으니 뱃속에서 자라는 생명뿐 아니라 모든 생명에 책임감이 들었다고, 내가 아름다운 잠자리를 죽게 내버려두는 건 끔찍한 실수라고, 자연의 보복으로 우리 아기한테 끔찍한 일이 생길 거라고 했어. 기차가 서서히 빠져나가고 우리는 여전히 서로를 안은 채 승강장에 서 있었어. 난 너무 기뻐서 춤이라도 추며 승강장을 누비고 싶은 마음이었지만 그만 머저리처럼 준에게 진화론을 설명하면서 세상에 그런 복수는 존재하지 않는다느니 하면서 위로하려 들었어. 아무 일도 일어나지 않을 거라고, 우리 아기한테는."

"제니 말씀이군요."

"그래, 물론이지. 제니."

버나드는 머리 위의 호출 버튼을 눌러 남자 승무원에게 마음이 바뀌어서 다시 샴페인을 한잔 하고 싶다고 말했다. 샴페인이 오고 우리가 잔을 들었을 땐 이야기의 흐름상 다가올 내 아내의 탄생에 축배를 드는 모양이 되었다.

"임신 소식을 접한 마당에 다음 기차를 기다릴 수 없어서 우리는 그냥 마을로 걸어나갔어. 그래봐야 좀 큰 촌이었는데, 이름이 기억나면 좋으련만 도무지 안 떠오르네. 하나뿐인 호텔을 발견하곤 발코니로 작은 광장이 내다보이고 나무가 삐걱대는 1층의 큰방을 하나 잡았어. 완벽한 곳이었어. 우린 늘 다시 가보려고 했었지. 준이 이름을 기억했는데, 이젠 알아낼 길이 없구먼. 우린 이틀 동안 거기 묵으면서 새 생명을 축하하고 인생을 되돌아보면서 젊은 부부들이 그러듯 앞날의 계획을 세웠어. 근사한 화해였지. 방에서 거의 나가지도 않았어.

그러다가 어느 날, 준은 일찍 잠든 저녁에 잠이 오지 않더군. 나는 광장 주위로 산보를 나갔다가 한 카페에서 술을 두어 잔 했어. 누구하고 한참 긴장된 시간을 보내고 난 뒤 다시 혼자가 되면 어떤지 자네도 알잖아. 마치 꿈속에 있다가 정신을 차린 기분이지. 나는 바 바깥에 앉아서 사람들이 불 게임* 하는 걸 구경했어. 아주 무더운 저녁이었는데, 준이 그날 역에서 했던 말을 처음으로 곱씹어볼 기회가 생겼지. 나는 곤충 한 마리를 죽였다고 자연이 뱃속의 아기에게 복수할 거라고 믿는 기분은, 진심으로 믿는 기분은 어떤 걸까 상상해보려고 노력했어. 준은 너무 진지했어. 눈물을 글썽거릴 정도로. 그런데 나는 솔직히 상상이 안 됐어. 마법을 믿는 그런 생각이 내겐 너무나 생경해서……"

* 금속 공을 굴리는 프랑스의 구기.

"하지만 아버님, 운명을 시험해볼 때가 있잖아요, 그런 마음이 전혀 안 드세요? 액운을 막으려고 나무를 만진 적 없으세요?"

"그건 그냥 장난이지, 그냥 하는 말이고. 미신인 줄 다들 알잖아. 인생에 정말 상벌이 따른다거나 우리 생각보다 더 깊은 의미의 패턴이 숨어 있을 거라는 믿음은 다 위안을 얻기 위해서 사람들이 만들어낸 마법이야. 그런 걸 믿는 사람은……"

"전기 작가들뿐이라고요?"

"여자들이라고 말하려던 참이었는데. 그러니까 내 말은 그 더운 작은 광장에서 술을 들고 앉아 있다보니 여자와 남자의 차이를 그제야 좀 알겠더라는 거야."

나는 합리적이고 유능한 내 아내 제니라면 이 말을 어떻게 생각할까 궁금해졌다.

버나드는 샴페인을 다 마시고 내 병에 조금 남은 양을 건너다보았다. 내가 병을 건네자 그가 말했다. "말이야 바른 말이지, 신체적인 차이야 그저……"

"빙산의 일각이라고요?"

그가 빙긋 웃었다. "거대한 쐐기의 가느다란 끄트머리일 뿐이지. 어쨌든, 나는 그 자리에 앉아서 술을 한두 잔 더 마셨어. 그러곤 누가 화나서 한 말을 너무 무겁게 생각하는 게 바보짓이라는 걸 알면서도 준이 내 정치관에 대해 했던 말을 곱씹어봤어. 다들 마찬가지겠지만 아마 어느 정도는 사실이니까 그랬겠지. 준이 그런 말을 전에도 한 적이 있고. 준이 당에 오래 남진 않겠구나, 생각했던 기억이 나. 준은 자기만의 사상이 있었고, 그건 굳건하고 괴상했지.

아까 그 택시 기사한테서 도망쳐나오는데 이 모든 게 다 떠올랐어. 준이었다면, 1945년의 준이었다면, 정치를 깡그리 버린 준이 아니라 그때의 준이었다면 기꺼이 반시간쯤 시간을 내서 유럽의 정세에 대해 기사와 대화를 나누고 올바른 읽을거리를 알려주고 메일링 리스트에 그 사람 이름을 올리고, 혹시 알아, 그 기사를 입당까지 시켰을지. 준이라면 기꺼이 비행기를 놓쳤을지도 몰라."

우리는 샴페인병과 잔을 들어올려 점심 트레이를 놓을 자리를 만들었다.

"어쨌든 도움이 될지는 모르겠지만 회고록에 이용할 만한 또 다른 얘기였네. 준은 공산주의자로서 나보다 나았지만, 준이 역에서 폭발했을 때 이미 앞으로 펼쳐질 긴 여정을 엿볼 수 있었지. 당에 대해 품게 될 불만을, 이후 그녀의 삶을 채운 야릇한 것들의 서곡을 엿볼 수 있었어. 준이 뭐라고 부르든 그건 분명 비스강 협곡에서 하루아침에 생겨난 문제는 아니었어."

그의 말에서 부메랑처럼 돌아오는 나 자신의 회의주의를 발견하니 가슴이 아팠다. 나는 언 롤빵에 버터를 바르다가 준을 위해 장난을 치고 싶어졌다. "하지만 아버님, 곤충의 복수는요?"

"그게 뭐?"

"제니의 여섯번째 손가락요!"

"사위, 점심식사에는 무슨 술을 하겠나?"

우리는 먼저 크로이츠베르크에 있는 귄터의 아파트로 갔다. 나는 버나드를 택시에서 기다리게 하고는 안마당을 가로질러 짐을 들고 힌터하우스* 4층의 층계참으로 올라갔다. 나를 위해 열쇠를 맡아둔 건너편 이웃은 영어를 조금 했고 우리가 베를린장벽 때문에 왔다는 것도 알았다.

"안 좋아." 여자가 주장했다. "사람이 너무 많아. 가게에 우유도 없고, 빵도 없고, 과일도 없어. 지하철에도. 너무 많아!"

버나드는 기사에게 브란덴부르크 문으로 데려다달라고 했지만 실수였음이 드러났고, 나는 곧 귄터의 이웃이 한 말이 무슨 뜻이었는지 이해했다. 사람이 너무 많고 교통량도 너무 많았다. 평소에도 번잡한 도로에 매연을 뿜어대며 첫날 관광에 나선 바르트부르크와 트라반트가 가세했다. 인도에도 발 디딜 틈이 없

---

* 중정이 있는 공동주택의 뒤쪽 건물.

었다. 지금은 모두가, 동베를린과 서베를린의 모든 주민은 물론 외지인까지 모두가 관광객이었다. 캔맥주와 젝트*병을 든 서베를린의 십대들이 오도 가도 못하는 우리 택시를 지나치며 축구 응원가를 불렀다. 어둠침침한 뒷좌석에서 나는 베르주리나 갈걸, 생프리바의 높은 지대에서 겨울철 방한 준비나 할걸 후회했다. 그곳에서는 이 계절에도 따스한 밤이면 간혹 매미소리가 들렸다. 그러다가 비행기에서 들은 버나드의 이야기가 떠올라 아쉬운 마음을 접고 여기 있는 동안 그에게서 가능한 한 충분히 이야기를 듣고 회고록 작업을 재개하기로 마음먹었다.

우리는 택시를 포기하고 걸어서 들어갔다. 승전기념탑까지는 이십 분 거리였고 거기서부터 브란덴부르크 문까지는 넓은 6월 17일 대로가 펼쳐졌다. 누가 도로명 표지판에 판지를 붙이고 페인트로 '11월 9일'이라고 써놓았다. 수백 명이 같은 방향으로 걷고 있었다. 400미터쯤 떨어진 곳에서 보니 조명을 받고 선 브란덴부르크 문은 국제적인 중요성에 비해 너무 작고 납작했다. 하단의 넓고 시커먼 부분이 점점 더 퍼지는 것처럼 보였는데, 가까이 가서야 우리는 그것이 모여드는 군중이라는 걸 알게 되었다. 버나드는 뒤처지는 듯했다. 그는 뒷짐을 지고 바람이 불어온다

* 스파클링 와인.

고 상상하는 듯 앞으로 몸을 숙였다. 모두가 우리를 추월했다.

"아버님, 여기 마지막으로 오신 게 언제지요?"

"내가 여길 실제로 걸어본 적은 없다는 거 아나? 베를린? 66년 베를린장벽 5주년 기념일에 회의가 있었지. 그전이라면야, 허허 세상에! 1953년일세. 우린 영국 공산당의 비공식 대표단이었어. 동독 공산당이 봉기*를 진압한 방식에 항의, 아니 그 말은 너무 심하고, 유감을 표명하기 위해 왔었지. 돌아가서는 일부 동지들에게 혹독한 비난을 샀네."

검은색 가죽재킷과 딱 달라붙는 청바지에 은색 징이 박힌 카우보이 부츠를 신은 두 여자가 우리 곁을 스쳐지나갔다. 둘은 팔짱을 끼고 있었는데, 자신들에게 집중된 주변의 이목을 고까워하기는커녕 의식도 못하는 듯했다. 머리는 검게 염색했다. 똑같이 하나로 묶어 뒤통수에서 흔들리는 머리가 얼핏 50년대를 연상시켰다. 하지만 버나드의 50년대는 아니겠지, 나는 생각했다. 그는 살짝 찡그린 얼굴로 두 여자가 지나가는 걸 지켜보고는 몸을 굽혀 내 귀에 대고 비밀스럽게 속삭였다. 주변에는 듣는 사람도 없었고, 목소리와 발소리로 온통 시끄러워 속삭일 필요는 없었다.

* 건축 노동자의 파업을 계기로 공산주의 정권에 반발해 일어난 대규모 봉기.

"준이 죽은 후로 내가 젊은 여자들을 멀거니 바라보고 있더라고. 물론 이 나이에 한심한 짓이라는 건 알아. 하지만 내가 보는 건 여자들의 몸이 아니라 얼굴이야. 준의 흔적을 찾는 거지. 이젠 습관이 되었어. 항상 제스처나 표정, 눈이나 머리카락 같은 데서 내 안에 준을 살아 있게 할 뭐라도 찾는 거야. 내가 찾는 건 자네가 알았던 준이 아냐. 만일 그랬다면 늙은 여자들을 아주 겁먹게 했겠지. 내가 찾는 건 내가 결혼했던 젊은 여자야……"

액자 속의 준. 버나드가 손을 내밀어 내 팔을 잡았다.

"다른 것도 있어. 준이 죽고 육 개월 동안은 준이 말을 걸어올 거라는 생각을 떨칠 수 없었어. 그게 또 꽤 흔한 일이라는군. 사별의 슬픔으로 미신을 믿게 되는 게."

"아버님의 과학적 사고와는 안 어울리는데요." 나는 혹독하리만큼 경솔한 그 말을 후회했지만 버나드는 고개를 끄덕였다.

"바로 그렇지. 기운이 나자 정신이 들더군. 하지만 한동안은 세상이 만에 하나 준이 해석했던 그런 곳이라면 준은 분명 나와 접촉해서 말하려 했을 거란 생각이 들었어. 내가 틀렸고 자기가 맞았다, 하느님과 영생이 있고 영혼이 가는 곳이 있다는, 뭐 그런 허튼소리들 말이지. 그리고 자기를 닮은 젊은 여자를 통해서 그럴 거 같았어. 언젠가는 그런 여자가 내게 메시지를 가져올 거라고 생각했지."

"지금은요?"

"지금은 습관이 되었어. 젊은 여자를 보면 그 여자한테 준의 모습이 얼마나 있는지 판단하게 되더라고. 방금 우릴 지나친 여자들은……"

"네?"

"왼쪽에 있던 여자. 못 봤나? 그 여자 입이 준을 닮았어. 광대뼈도 조금."

"얼굴은 못 봤습니다."

버나드가 내 팔을 꽉 잡았다. "자네한테 이걸 꼭 물어야겠어. 오래전부터 물어보고 싶었네. 준이 아주 개인적인 얘기도 하던가? 나와 자기에 대해서?"

버나드의 '크기'에 대한 민망한 기억 때문에 나는 어쩔 줄 몰랐다. "그럼요. 아버님 생각을 많이 하셨거든요."

"어떤 생각을?"

한 가지 창피한 세부사항을 숨기자니 다른 이야기라도 해야 할 것만 같았다. "글쎄요, 음, 두 분이 처음…… 두 분의 첫 경험에 대해서 말씀하셨어요."

"아." 버나드는 내게서 손을 거둬 호주머니에 넣었다. 버나드가 그것을 곱씹는 동안 우리는 말없이 걸었다. 앞에는 6월 17일 대로 한가운데 아무렇게나 일렬로 주차되어 있는 언론사 차량이며 이동식 통제실, 위성접시, 기중기와 발전차가 보였다. 티어가르텐*의 나무 아래로 독일 인부들이 진초록색 이동 화장실을 내리고 있었다. 버나드의 거대한 턱선을 따라 작은 근육들이 움찔거렸다. 그의 목소리는 냉랭했다. 곧 화를 낼 기세였다.

"그러니까 자네가 쓴다는 게 그런 거였나?"

"글쎄요, 전 아직 시작도……"

"그런 걸 쓰면 내 기분이 어떨지 고려할 생각을 하긴 하나?"

"뭘 쓰든 다 보여드릴 생각이었습니다. 아시잖아요."

"세상에! 대체 그 여자가 무슨 생각으로 자네한테 그런 얘기를 다 했단 말인가?"

우리는 첫번째 위성접시에 다다랐다. 어둠 속에서 빈 스티로폼 커피컵들이 산들바람에 밀려 우리 쪽으로 굴러왔다. 버나드의 발에 한 개가 밟혔다. 아직 100미터쯤 떨어진 브란덴부르크 문 앞에 모여든 군중이 박수 치는 소리가 한차례 들렸다. 음악회에서 그랜드피아노가 무대 위로 올려졌을 때 청중이 보내는 바보 같으면서도 선의에서 우러나온 박수였다.

"아버님, 그게요. 어머니가 하신 이야기는 역에서 말다툼한 이야기 이상으로 사적인 것은 아니었어요. 알고 싶으시다면, 요점

---

* 베를린 중앙에 위치한 공원.

은 당시 젊은 여인으로서 그것이 어머니에게 얼마나 과감한 일이었던가였어요. 그저 아버님에게 얼마나 끌렸는지 보여주는 예였다고요. 그리고 사실 아버님은 굉장히 훌륭하게 묘사되었어요. 어머니는 천재라는 표현을 쓰셨죠. 방을 껑충 뛰어가서 폭우가 쏟아지는데 창문을 열고는 타잔처럼 소리를 지르셨다고, 나뭇잎 수천 개가 날아들고……"

버나드는 디젤발전기 소음보다 더 크게 외쳐야 했다. "맙소사! 그건 그때가 아니야! 이 년 뒤의 일이었어. 이탈리아에서 마시모라는 늙은이와 그 말라빠진 마누라의 집 위층에 살 때였어. 그 노인들은 쥐죽은듯 조용했어. 우린 그걸 밖에서 해야 했지. 들판이든, 우리가 찾을 수 있는 어디든. 그러다가 어느 밤 폭풍이 엄청 심하게 불어서 나갈 수도 없고 너무 시끄러워서 노인네들한테 우리 소리가 들리지 않을 날이었어."

"음." 나는 입을 열었다. 버나드의 분노는 이제 준에게로 옮겨갔다.

"그 여자 대체 무슨 짓을 한 거야, 얘길 지어내다니! 그런 게 바로 날조야! 우리의 첫 경험은 엉망이었어, 망할, 형편없이 망쳤다고. 그 여자가 공식 버전을 위해서 각색했군. 전체적으로 완전히 덧칠을 했어."

"바로잡고 싶으시다면……"

버나드는 경멸의 눈길로 나를 빤히 쏘아본 다음 앞으로 나아가면서 말했다. “내게 회고록은 누군가의 성생활을 까발리는 게 아니야. 무슨 구경거리도 아니고. 인생이 결국 그렇게 요약되는 거라고 생각하나? 방아질로? 섹스의 성패로? 한번 웃고 마는?”

우리는 텔레비전 트럭을 지나는 참이었다. 안을 슬쩍 들여다보니 한 손에 메모를 들고 다른 손에는 둥글게 말린 케이블에 매달린 마이크를 든 채 인상을 쓴 기자의 모습이 여남은 개의 모니터에 동시에 잡혀 있었다. 군중의 시끄러운 한숨과 불만의 소리가 길게 올라오더니 커다란 노호로 바뀌기 시작했다.

버나드는 갑자기 마음을 바꾸었다. 그가 나를 향해 홱 돌아섰다. “세상에. 자네가 그렇게 알고 싶다면야.” 그가 외쳤다. “이 정도는 말해주지. 내 아내가 시적인 진실이나 영적인 진실, 아니면 저만의 개인적인 진실에 관심이 있었는지는 모르겠어. 하지만 그 여자는 진짜 진실에는, 실제로 일어난 일에는 콧방귀도 뀌지 않았어. 두 인간이 각각 독립적으로 인정할 수 있는 사실에는 무관심했다고. 그 여잔 패턴을 만들고 신화를 지어냈어. 그러곤 사실을 끼워맞췄지. 망할, 섹스 따윈 잊어버려. 자네 글의 주제는 이걸세. 준 같은 부류의 인간들이 사실에 자신의 사상을 맞추지 않고 어떻게 자기 사상에 맞춰 사실을 왜곡하는가. 왜 대체 그런 짓을 하나. 왜 계속 그러는 것인가.”

군중의 끝 쪽에 다다랐을 때 나는 말대꾸가 될 것이 뻔한 소리를 할까 말까 망설였다. 베를린장벽이 무너지는 걸 보겠다는 희망으로 장벽의 가장 역사적, 상징적인 지점에 이삼천 명이 모여 있었다. 브란덴부르크 문 접근을 막으며 버티고 선 3.6미터 높이의 콘크리트블록 위에는 긴장한 젊은 동독 병사들이 서쪽을 향해 쉬어 자세로 나란히 서 있었다. 그들은 허리 뒤쪽 보이지 않는 곳에 권총도 차고 있었다. 맨 앞에서 장교 한 사람이 담배를 피우며 왔다갔다하면서 군중을 지켜보고 있었다. 병사들 뒤로는 독일민주공화국 국기가 살며시 나부끼는 가운데 칠이 벗겨진 채 조명을 받고 있는 브란덴부르크 문의 정면이 보였다. 철책이 군중을 제지하고 있는 와중에 들려온 실망의 한숨은 분명 콘크리트블록 앞에 밴을 세우는 서독 경찰에 대한 불만이었을 것이다. 우리가 도착했을 때, 누군가 맥주가 가득 든 캔 하나를 병사들에게 던졌다. 높이 빠른 속도로 날아가는 캔에서 하얀 거품이 뿜어져나와 머리 위 조명등에 잡혔고, 캔이 젊은 병사의 머리 위로 넘어가자 군중 사이에서 즉시 반대의 외침과 함께 비폭력을 호소하는 구호가 독일어로 들려왔다. 소리가 분산되어 들리기에 올려다보니 나무 위에 수십 명이 올라가 있었다.

앞쪽으로 헤쳐나가기는 어렵지 않았다. 우리는 이제 군중 속에 있었고 다들 내 생각보다 더 점잖고 구성원도 다양했다. 어린 아이들은 부모의 어깨에 올라앉아 키가 큰 버나드만큼이나 트인 시야를 확보했다. 학생 두 명이 풍선과 아이스크림을 팔았다. 짙은 색 안경을 쓰고 하얀 지팡이를 든 한 노인이 고개를 빳빳이 쳐들고 가만히 서서 주변의 소리에 귀를 기울였다. 노인의 주위에는 넓은 공간이 있었다. 철책에 도착하자 버나드가 서독 경찰이 동독 육군 장교와 대화하는 곳을 가리켰다. "군중을 통제할 방법을 의논하는군. 벌써 반쯤 통일된 거야."

버나드는 아까 폭발한 뒤로 초연한 태도를 보였다. 그는 그날 아침의 흥분과는 거리가 먼 냉정하고 오만한 눈빛으로 주변을 둘러보았다. 이 사람들과 지금 벌어지는 일이 꽤 매력적이지만 어느 정도까지만 그렇다는 태도였다. 반시간이 지나자 군중을 만족시킬 일은 아무것도 일어나지 않으리라는 게 분명해졌다. 장벽 일부를 들어올릴 기중기도, 콘크리트블록을 치울 중장비도 없었다. 하지만 버나드는 계속 남아 있겠다는 쪽이었다. 그래서 우리는 추위 속에 서 있었다. 군중은 느리고 멍청한 족속으로 그 개별 구성원보다 훨씬 아둔하다. 이 군중은 엄청난 끈기를 보이며 밤새 서 있을 태세였다. 우리 모두가 기다리는 그 일이 오늘 밤 일어나지 않으리란 걸 다들 알면서도. 나는 짜증스러워지기 시작했다. 이 도시의 다른 곳에서는 즐거운 축하연이 벌어지고 있었지만 이곳에는 지루한 인내심과 버나드의 상원의원 같은 침착함뿐이었다. 한 시간이 더 지난 뒤에야 나는 그를 설득해 찰리 검문소 쪽으로 갈 수 있었다.

우리는 요란한 색색의 그라피티가 가로등 불빛에 흑백으로 비치는 장벽 옆 진흙투성이 길을 걷고 있었다. 오른쪽에는 버려진 건물들이 있었다. 돌돌 말린 철사 뭉치와 깨진 돌 더미에, 지난 여름의 잡초도 아직 껑충하게 자라 있었다.

나는 더는 질문을 억누르고 싶지 않았다. "하지만 아버님은 십 년 동안 당에 남아 계셨어요. 그러려면 아버님 스스로도 엄청나게 많은 사실을 왜곡해야 했을 텐데요."

나는 버나드를 자족적인 침묵에서 흔들어 깨우고 싶었다. 하지만 그는 어깨를 으쓱하곤 코트 안으로 한층 더 몸을 웅송그리며 말했다. "물론."

장벽과 버려진 건물 사이의 좁은 통로로 시끄러운 미국인 학생 무리가 옆에서 우리를 밀치고 지나가는 동안 그는 말을 멈추었다. "흔히들, 특히 요즘 많이 인용하는 이사야 벌린*의 말이 있지, 유토피아의 치명적인 성격에 대한. 인류를 평화와 정의, 행복과 무한한 창의성으로 인도할 방법을 분명히 알고 있다면 어떤 대가를 치른들 아깝겠는가? 이상적인 오믈렛을 만들 수 있다

* 단호한 반공주의자였던 영국의 철학자, 사상가.

면 달걀을 무제한 깨뜨려도 좋다. 이런 사실을 알고도 수백만이 영원히 행복해지기 위해서는 지금 수천 명이 죽어야 할 수도 있다는 걸 받아들이지 못한다면 의무를 다하고 있다고 할 수 없다. 당시 우리가 그렇게 행동했다고는 할 수 없지만 우리 사고방식에는 대체로 맞는 말이었어. 당의 단결이라는 대의를 위해서 몇 가지 불편한 사실을 묵과하거나 재구성한다 해도, 이른바 자본주의 선전기구가 늘어놓는 거짓말의 홍수에 비하면 무슨 대수인가? 그래서 우리는 그냥 과업에 열중했고, 주변에서는 계속 파도가 밀려들어오고 있었어. 준과 나는 후발주자였기 때문에 처음부터 발목까지 물이 올라와 찰랑거렸지. 듣고 싶지 않았던 소식들이 조금씩 스며들어오기 시작했어. 30년대의 공개재판과 숙청, 집산화, 대규모 수송, 강제노동수용소, 검열, 거짓말, 박해, 대량학살…… 결국 모순은 너무 커지고, 신념은 깨지지. 하지만 그런 일은 언제나 뒤늦게 찾아와. 나는 56년에야 탈당했지. 53년에도 그럴 뻔했지만 48년에 진작 그만둬야 했어. 하지만 그냥 남아 있는 거지. 사상은 올바른데 잘못된 사람들이 책임을 맡은 거다, 변할 거다, 하면서. 그리고 이 훌륭한 과업을 어찌 다 쓰레기로 만들겠나. 이런 일은 언제나 어려울 수밖에 없다고, 아직 실천이 이론만큼 성숙하지 못해서 그런 거라고, 시간이 걸릴 거라고 생각하면서. 들려오는 소식은 다 냉전하의 중상이라고 스스로를 타일러. 게다가 내가 어떻게 그렇게 틀릴 수 있는가, 그토록 많은 똑똑하고 용감한, 선의를 품은 사람들이 어떻게 다 틀릴 수 있는가 하면서.

내가 과학적인 훈련이 되어 있지 않았다면 혹시 더 오래 당에 남았을지도 몰라. 실험실에서 일을 하다보면 이론에 끼워맞추기 위해서 결과를 왜곡하는 게 얼마나 쉬운 일인지 알게 돼. 그런 일은 부정직한 축에도 못 들어. 우리 본성 안에 있는 거거든. 우리 소망이 우리 지각에 침투하는 거지. 실험의 설계를 잘하면 이런 일이 일어나지 않도록 경계할 수 있지만, 이 경우에는 이미 통제를 벗어난 지 오래였어. 환상과 현실이 나를 분열시켰어. 헝가리가 마지노선이었지. 나도 깨지고 말았어."

그는 말을 멈추었다가 고민 끝에 입을 열었다. "그리고 그게 준과 나의 차이야. 준은 나보다 수십 년 전에 당을 떠났지만 한 번도 깨진 적이 없어. 환상과 현실을 구분한 적이 없지. 한 유토피아를 다른 유토피아로 바꾼 거야. 직업 정치인이든 목사든 중요치 않아. 뭐가 됐든 그 여자는 본질적으로 강경파였어……"

분노를 터뜨린 것은 외려 나였다. 그 배경은 이랬다. 우리는 전망대 계단과 기념품 판매대 주변에 모여 무슨 일이 일어나길 기다리는 친구들 무리를 뚫고 포츠담광장이라는 황무지와 장벽 구역을 지나가고 있었다. 그때 내가 충격받은 것은 그저 버나드의 말이 부당해서가 아니라 소통의 어려움 앞에서 그토록 성급하게 두 손을 들었다는 사실, 그리고 평행하게 놓인 거울들의 이미지 때문이었다. 거울들은 침대 위 연인 대신 끝없는 퇴행 속에 거짓으로 치닫는 닮은꼴만을 비추었다. 버나드를 향해 돌아서다가 내 손목이 근처에 서 있던 남자의 손에서 뭔가 부드럽고 따뜻한 것을 떨어뜨렸다. 핫도그였다. 하지만 나는 사과하기에는 너무 흥분한 상태였다. 포츠담광장에 있던 사람들은 흥밋거리에 주려 있었다. 내가 소리를 지르자 다들 고개를 돌리더니 우리 주위에 구경꾼들이 빙 둘러섰다.

"그건 말도 안 되는 소리예요! 아니, 그보다 더하죠. 악의적입니다. 거짓말쟁이!"

"사위."

"아버님은 어머니 말을 한 번도 귀담아들은 적이 없어요. 어머니도 마찬가지였죠. 두 분은 서로를 같은 이유로 비난했어요. 어머니는 아버님보다 더 강경하지 않아요. 둘 다 약해빠졌다고요! 두 분은 서로 자신의 죄책감을 상대방에게 덮어씌운 겁니다."

뒤쪽에서 작고 빠르게 내 말을 통역하는 독일어가 들렸다. 버나드는 빙 둘러싼 인파 바깥으로 나를 데리고 나가려 했다. 하지만 분노로 뵈는 게 없었던 나는 움직이려 들지 않았다.

"어머니는 언제나 아버님을 사랑했다고 저한테 말했어요. 아버님도 마찬가지였고요. 어떻게 그렇게 많은 시간을, 모두의 시간을 낭비할 수 있습니까? 게다가 자식들은……?"

망신 이상으로 버나드를 건드린 것은 그 마지막 미완의 비난이었다. 그는 입술을 일자로 꾹 다물더니 다른 쪽으로 가버렸다. 내 분노는 별안간 온데간데없고 그 자리에는 후회만이 남았다. 고명한 신사의 면전에 대고 자기 나이만큼이나 지속된 결혼생활에 대해 고래고래 소리지르며 따지고 드는 이 시건방지고 주제넘은 인간은 대체 누구란 말인가? 군중은 흥미를 잃고 다시 모형 전망대와 무인지대나 죽음의 띠 앞 텅 빈 해변*을 담은 엽서를 사려는 인파 속으로 돌아갔다.

우리는 계속 걸었다. 나는 너무 동요한 나머지 사과할 여유가 없었다. 다만 목소리를 낮추고 이성적인 척했다. 우리는 나란히, 좀전보다 빨리 걸었다. 무표정하게 굳어진 걸로 보아 버나드 역시 혼란스러운 게 분명했다.

내가 말했다. "어머니는 어느 유토피아에서 다른 유토피아로 옮겨가신 게 아니에요. 그건 탐구였습니다. 어머니는 해답을 다 알고 있다고 주장하지 않으셨어요. 그건 하나의 탐험이었고, 모

* 서독으로 넘어가려는 동독 시민을 살해해 '죽음의 띠'로 불린 구역 앞에는 누군가 지나가면 발소리로 알 수 있도록 모래와 자갈이 깔려 있었다.

두 동참했다면 좋아했겠지만 누구에게도 강요하지 않으셨어요. 어떻게 그럴 수 있었겠어요? 어머니는 종교재판을 하려던 게 아니었습니다. 교의나 제도화된 종교에도 관심이 없었죠. 그건 그저 영적인 여행이었어요. 이사야 벌린의 말로는 설명되지 않습니다. 어머니에게는 다른 이들을 희생시키는 최종 목적이 없었어요. 깨뜨려야 할 달걀 따윈 없었……"

다시 논쟁이 시작될 것 같자 버나드는 되살아났다. 그는 당장 달려들었고, 나는 일거에 용서받은 기분이었다. "그렇지 않아, 사위. 자넨 단단히 틀렸어. 그 여자의 행동을 탐험이라고 부른다고 준에게 절대주의자 같은 구석이 있었다는 점이 달라지진 않아. 준에게 동조해 그녀와 함께하든지 아니면 그걸로 끝이었어. 그 여잔 명상을 하고 신비론 따위를 읽고 싶어했어. 나쁘지 않았지만 내 취향은 아니었지. 내겐 차라리 노동당 입당이 더 나았어. 준은 그걸 받아들이지 못했고. 결국은 별거를 고집했지. 깨뜨려야 할 달걀은 바로 나였어. 아이들은 또다른 달걀이었고."

버나드가 말하는 동안 나는 죽은 아내와 그를 화해시키려 하다니 내가 지금 무슨 짓인가 싶었다.

그래서 그가 말을 마쳤을 때는 두 손을 들어 보이며 받아들인다는 신호를 보냈다. "그럼 어머니가 돌아가셨을 땐 뭐가 그리우셨어요?"

우리가 이른 곳은 지금은 잊힌 지 오래인 어떤 정치적 고집 때문에 장벽의 지도상 경계선이 불쑥 튀어나왔다가 몇 미터도 안 되어 다시 원위치로 돌아간 곳 중 하나였다. 바로 옆에는 버려진 전망대가 있었다. 한마디 말도 없이, 버나드는 계단을 올라가기 시작했고 나도 뒤따랐다. 꼭대기에서 그가 가리켰다.

"보게."

건너편의 전망대는 이미 버려진 게 분명했고, 지뢰와 부비트랩과 자동소총을 은폐하기 위해 덮어놓은 모래 위로 토끼들이 형광등 불빛 아래 풀을 뜯느라 풀밭 가장자리를 더듬으며 평화로이 돌아다니고 있었다.

"번성한 것도 있긴 하네요."

"저럴 수 있는 것도 이제 끝이지."

우리는 잠시 침묵을 지키며 서 있었다. 우리의 시선은 다시 장벽의 방향을 따라갔다. 장벽은 사실 이중의 벽으로 이 지점에서는 서로 140미터가 떨어져 있었다. 그전에는 한 번도 야간에 국경을 찾은 적이 없는데다 철책과 모래, 측면도로, 대칭적으로 배열된 전등이 장식한 넓은 통로를 내려다보고 있자니 그 천진한 밝음에, 뻔뻔스러운 굴욕에 아연해졌다. 과거에 여러 국가가 저지른 참상을 꼭꼭 숨겨두었던 바로 그곳에서 지금 눈앞에 보이는 베를린장벽이라는 거대한 선전물은 쿠르퓌어슈텐담*의 어느 네온사인보다 더 난잡했다.

"유토피아로군요."

버나드가 한숨을 내쉬고 내 말에 대꾸하려던 찰나, 여기저기서 목소리와 웃음소리가 들렸다. 그러더니 사람들이 나무층계를 쿵쿵 올라오며 전망대가 흔들렸다. 우리 둘은 우연히 이곳에 인적이 없던 순간에 잠시 들렀던 것이다. 그 공백은 거대한 인파 속에 어쩌다 생긴 작은 구멍일 뿐이었다. 몇 초 만에 열댓 명이 주변으로 밀고 올라와 카메라 셔터를 누르며 독일어로, 일본어, 덴마크어로 흥분해서 외쳐댔다. 우리는 인파를 거슬러 아래로 내려간 다음 갈 길을 갔다.

나는 버나드가 내 질문을 잊었거나 대답하고 싶어하지 않는다고 생각했지만 길이 옛 라이히스타크** 건물 계단과 나란히 난 곳에 다다르자 그가 말했다. "제일 그리운 건 준의 진지함이야. 그녀는 자기 인생을 하나의 과업으로 여기고 이해랄지 지혜랄지, 본인은 뭐라고 할지 모르겠지만 그런 가치를 향해 제어하고 이끌어가야 한다고 생각하는 내가 아는 몇 안 되는 사람이었어. 사람들은 대부분 돈이나 경력, 자식 따위를 위해서 미래를 계획하

* 베를린 최고의 번화가.

** 독일 의회.

지. 하지만 준은 뭐랄까, 자기 자신을, 존재를, '신의 창조물'을 이해하고 싶어했어. 남들은 하나를 갖고도 다른 걸 또 취하면서 방황한다며 참기 힘들어했지. 그건 '몽유병'이라고. 나는 그 여자의 머릿속에 든 헛소리는 싫었지만 그 진지함이 좋았어."

우리는 커다란 구멍의 가장자리에 와 있었다. 흙더미를 쌓아 놓은 현장에 20미터 길이로 판 구덩이였다. 그 지점에서 버나드가 발걸음을 멈추더니 덧붙였다. "수십 년 동안 우린 싸우기도 하고 서로를 무시했지만 자네 말이 맞아. 그 여잔 날 사랑했지. 게다가 다른 사람도 아니고 자네가 그렇게 말한다면……" 버나드는 몸짓으로 구덩이를 가리켰다. "요즘 이것에 대한 글을 읽고 있지. 게슈타포의 옛 본부야. 이걸 파헤치면서 과거를 조사하고 있어. 우리 세대 중에서 이런 걸 받아들일 사람이 있는지 모르겠군. 고고학으로 게슈타포의 범죄가 중화되는 걸."

이제 보니 긴 구덩이는 흰 타일을 붙인 일련의 감방 바깥 복도였을 곳을 따라 판 것이었다. 감방은 죄수 한 명이 간신히 들어갈 정도의 크기였고, 벽마다 두 개의 철제 고리가 설치되어 있었다. 현장 안쪽에는 박물관인 낮은 건물이 있었다.

버나드가 말했다. "불쌍한 사람들의 손에서 뽑힌 손톱을 찾아내 잘 닦은 다음 라벨을 붙여 유리상자에 넣어버리겠지. 1킬로미터도 떨어지지 않은 곳에서는 슈타지*도 감방을 치우고 있을걸."

그의 목소리가 힘겹게 들리는 데 놀라 나는 그를 돌아보았다. 그는 철제 기둥에 몸을 의지하고 있었다. 지치고 그 어느 때보다 더 여윈 탓에 그 자신이 코트를 입힌 기둥처럼 보였다. 벌써 세 시간 이상을 서 있었던데다, 전쟁에 대한 가시지 않은 분노 때문에 더욱 진이 빠진 것이다. 이제 늙고 약해진 세대만이 직접 체험하고 기억하는 전쟁이었다.

"쉬셔야겠어요." 내가 말했다. "저 바로 위에, 찰리 검문소 옆에 카페가 하나 있어요."

거기까지 거리가 얼마나 되는지는 전혀 몰랐다. 버나드를 인도하면서, 나는 그의 걸음걸이가 얼마나 뻣뻣하고 느린지 알게 되었다. 생각이 짧은 나 자신을 탓했다. 우리는 장벽 옆 막다른 골목으로 연결되는 도로를 건너고 있었다. 가로등에 비친 버나드의 얼굴은 땀에 젖은 잿빛이었지만 눈은 형형히 빛났다. 커다란 턱은, 그 큰 얼굴에서 가장 친절해 보이는 그 턱은 노쇠해 희미하게 떨렸다. 나는 음식이 있는 따뜻한 곳으로 얼른 가자고 그를 재촉해야 할 것 같기도 하고 그가 아예 쓰러질까봐 두렵기도 해서 갈피를 잡을 수 없었다. 베를린 서부에서 구급차를 어떻게 부르는지는 전혀 몰랐고, 더구나 이 버려진 변방에는 전화도 없

---

* 옛 동독의 비밀경찰.

었으며 주변의 독일인마저 죄다 우리 같은 관광객이었다. 그에게 잠시 앉아서 쉬겠느냐고 물었지만 내 말이 들리는 것 같지 않았다.

자동차 경적과 귀에 거슬리는 환호가 들려올 때 나는 그에게 다시 묻고 있었다. 찰리 검문소의 집중 조명이 우리 앞 버려진 건물 뒤쪽에 우윳빛 후광을 만들었다. 몇 분 안에 우리는 카페 바로 옆으로 나왔고 눈앞에서는 그날 아침 제니와 함께 지켜보았던 친숙한 장면이 꿈결처럼 슬로모션으로 펼쳐지고 있었다. 접경지에서 볼 수 있는 초소의 집기들, 여러 언어로 된 표지판과 줄무늬 게이트. 사람들은 지금도 동독에서 건너온 보행자들에게 인사하며 행운을 빌고 트라반트 지붕을 두드렸지만 텔레비전 드라마와 현실의 차이를 입증하듯 이제 열정은 덜했다.

그 광경을 찬찬히 보기 위해 나는 버나드의 팔을 붙잡고 발걸음을 멈추었다. 그런 다음 우리는 인파를 비집고 카페 입구로 갔다. 하지만 방금 전 지나쳐온 사람들은 줄을 서 있는 것이었다. 자리가 나야 안으로 들어갈 수 있었다. 이 한밤중에 누가 자리를 뜬단 말인가? 수증기가 맺혀 뿌예진 창유리 너머 따뜻한 실내에서 특권을 누리며 먹고 마시는 이들이 보였다.

버나드가 내 팔을 풀고 길 건너 미국 초소 근처 사람들이 모인 안전지대로 서둘러 걸어갔을 때 나는 노인이 아프다며 안으로 밀고 들어가려던 참이었다. 그때까지만 해도 그가 뭘 봤는지 몰랐다. 나중에 그가 말하길 우리가 도착했을 때는 이미 모든 상황이 무르익었지만 나는 그를 부르며 따라가서야 적기를 발견했다. 깃발은 빗자루를 톱질로 잘라낸 듯한 작은 막대에 묶여 있었고, 그것을 든 사람은 이십대 초반으로 보이는 가냘픈 남자였다. 터키 사람 같았다. 검은 곱슬머리에 검은 옷을 입었다. 검정 티셔츠와 검정 청바지에 검정 더블재킷 차림이었다. 그는 고개를 뒤로 젖히고 적기를 매단 깃대를 어깨에 비스듬히 걸치고 사람들 앞을 어슬렁거리고 있었다. 그러다 바르트부르크가 서 있는 작은 길 쪽으로 뒷걸음치더니 움직이기를 거부하는 바람에 자동차가 그를 돌아가야 했다.

그의 도발은 이미 성공을 거두고 있었고 버나드를 도로 쪽으로 이끈 것도 그것이었다. 젊은 남자에게 적대적인 군중 사이에는 여러 종류의 사람이 섞여 있었지만 내가 그 순간 처음 본 것은 보도블록 바로 옆 사업가나 변호사 같은 정장 차림의 두 남자였다. 그중 한 명이 지나가는 젊은 남자의 턱밑을 잽싸게 쳤다. 그것은 주먹질이라기보다는 경멸의 표현에 가까웠다. 낭만적인 혁명가는 움찔 뒤로 물러나더니 아무 일도 일어나지 않은 척했다. 모피 모자를 쓴 나이든 여인은 그에게 뭐라고 길게 소리지르더니 우산을 치켜들었다. 곁에 있던 신사가 그녀를 제지했다. 남자는 깃발을 더 높이 들어올렸다. 변호사 타입의 다른 한 남자가 앞으로 나서더니 그의 귀에 주먹을 날렸다. 정통으로 맞지는 않았지만 젊은 남자를 휘청하게 하기엔 충분했다. 주먹이 날아든 옆머리를 건드리는 건 모욕이라 여겼는지 남자는 아무렇지 않은 듯 퍼레이드를 계속했다. 이때 버나드는 이미 도로를 반쯤 건너고 있었고 나도 그를 뒤따랐다.

내 생각을 말하자면 깃발을 든 남자는 원하는 바를 달성할 수 있었다. 나는 버나드가 걱정이었다. 그는 왼쪽 무릎이 아픈 것 같았지만 다리를 절면서도 상당한 속도로 나보다 앞서 걸었다. 그는 이미 다음을 예측하고 있었다. 코흐가街 쪽에서 더 추악한 시위대가 뛰어오고 있었다. 대여섯 명이었는데 이쪽으로 다가오면서 서로를 큰 소리로 부추기고 있었다. 나는 그들이 외치는 소리를 들었지만 무시했다. 저녁 내내 도시의 축제 분위기를 지루해하던 이들이 행동에 굶주린 게 틀림없다고 생각했다. 무리는 머리를 맞은 남자를 보고 이내 생기를 띠었다. 그들의 나이는 열여섯에서 스무 살 사이였다. 여드름 난 창백한 피부에 머리를 빡빡 밀고 젖은 입술을 헤벌린 이들은 과장된 박탈감과 짐승떼 같은 잔인성을 풍기고 있었다. 터키 남자는 자신을 향해 돌진하는 이들을 보고 탱고 댄서처럼 고개를 홱 젖히더니 등을 돌렸다. 공산주의의 마지막 치욕의 날 그 자리에서 그러는 건 순교자의 열정이거나 아니면 이해하기 어렵지만 공개적으로 뭇매를 맞고 싶은 마조히스트적인 충동, 둘 중 하나였다. 우리 중 많은 사람이 그를 한낱 기인이라 생각하고 무시했던 것도 사실이다. 어쨌든 베를린은 관용이 넘치는 도시였다. 하지만 오늘밤에는 취기가 만연했고, 몇몇 사람들 사이에는 무언가에 대해 누군가를 책망해야 한다는 막연한 정서가 있었다. 그런 분위기에서 깃발을 든 남자가 모든 것을 한꺼번에 맞닥뜨린 것이다.

나는 버나드를 따라잡아 손으로 그의 팔을 붙들었다. "말려들지 마세요. 다치십니다."

"말도 안 되는 소리." 버나드는 홱 뿌리치며 팔을 빼냈다.

우리는 소년들보다 몇 초 앞서 젊은 남자 곁에 다다랐다. 그에게서 파촐리* 냄새가 심하게 났다. 내 생각에 그건 마르크스-레닌주의자의 냄새가 아니었다. 남자는 분명 가짜였다. 나는 "어서요!"라고 말할 틈밖에 없었고, 녀석들이 도착했을 때는 아직 버나드의 팔을 붙잡고 만류하는 중이었다. 그는 소년들과 그들의 희생양 사이에 서서 두 팔을 내밀었다.

"자." 그가 옛날식으로, 친절하지만 단호한 영국 경찰 같은 목소리로 말했다. 자신은 나이도 너무 많고 너무 크고 마르고 저명

* 인도산 박하.

한 사람이니 맞지 않을 거라고 진심으로 생각했던 걸까? 녀석들은 갑자기 멈칫하더니 자신들의 길을 가로막은, 코트를 걸쳤다뿐 허수아비나 마찬가지인 키다리 노인의 존재에 당황해 한데 모여 고개와 혀를 늘어뜨리고 숨을 거칠게 몰아쉬었다. 그중 두 녀석은 옷깃에 은색 하켄크로이츠 핀을 꽂고 있었다. 다른 한 놈은 손마디에 하켄크로이츠 문신이 있었다. 나는 감히 뒤돌아볼 엄두가 나지 않았지만 터키 남자가 이 기회를 이용해 깃발을 둘둘 말고 슬그머니 빠져나가려 한다는 인상을 받았다. 변호사 타입의 두 남자는 자신들의 폭력이 불러일으킨 광경에 놀라 인파 속으로 깊숙이 숨어들어 지켜보았다.

나는 도움을 찾아 주변을 둘러보았다. 미국인 하사관 하나와 병사 둘이 상대편 동독군과 무언가 협의하기 위해 우리에게 등을 보인 채 걸어가고 있었다. 소년들 사이에서 어리둥절함은 이제 분노로 변하고 있었다. 별안간 두 놈이 버나드를 돌아 쫓아갔지만 깃발 든 남자는 이미 인파의 뒤쪽까지 뚫고 나간 뒤였고 이제 도로를 질주하고 있었다. 그러다 코흐가 모퉁이를 돌아 자취를 감췄다.

두 놈이 남자를 쫓아가는 시늉을 하더니 우리에게 돌아왔다. 버나드가 그 남자 대신이었다.

"이젠 너희도 가." 버나드는 놈들을 손등으로 물리며 상냥하게 말했다. 나치 문양이 있는 이들은 분명 독일인이었다. 그것이 이해할 만한 일인가, 아니면 혐오스러운 일인가 생각하는데 그 중 보머재킷 차림에 체구가 가장 작은 멍청한 놈이 냉큼 앞으로 나서 버나드의 정강이를 냅다 걷어찼다. 버나드는 깜짝 놀라 짧게 숨을 내뱉더니 보도블록 위에 고꾸라졌다.

모여든 사람들이 힐난조의 외마디 비명을 질렀지만 아무도 나서지 않았다. 내가 나서서 녀석에게 주먹을 날렸지만 맞히지 못했다. 하지만 놈과 친구들은 내게 관심이 없었다. 놈들은 밟아 죽일 작정을 하고—내 눈에는 그렇게 보였다—버나드를 둘러쌌다. 한번 더 초소를 힐끗 봤지만 하사도 병사들도 흔적이 보이지 않았다. 나는 한 놈의 뒷덜미를 잡아채며 다른 놈도 잡으려고 팔을 뻗었다. 혼자서 상대하기엔 너무 많았다. 두세 놈이 걷어찰 준비를 하며 검은 장홧발을 뒤로 올리는 게 보였다.

하지만 놈들은 움직이지 않았다. 그 자리에 얼어붙었다. 바로 그 순간 누군가 인파를 헤치고 튀어나와 짧고 날카로운 문장으로 놈들에게 신랄한 힐난을 쏟아부었기 때문이었다. 그것은 분노한 젊은 여성이었다. 그녀의 말에는 거리의 힘이 있었다. 그녀는 신뢰가 갔다. 그녀는 동세대 사람, 선망과 동경의 대상이었다. 그녀는 스타였고, 놈들이 본인들 기준으로도 비열한 짓을 하던 와중에 현장을 목격한 것이다.

그녀가 역겨워하는 모습에는 어쩐지 성적인 데가 있었다. 놈들은 자기들이 남자라고 생각했지만 그녀 앞에서 못된 어린애로 전락해버렸다. 그녀 때문에 주눅들어 물러나는 모습을 보여서는 곤란했다. 하지만 놈들은 바로 그렇게 하고 있었다. 겉으로는 낄낄 웃고 어깨를 으쓱하면서 잘 들리지도 않는 소리로 그녀를 모욕했다. 갑자기 흥미가 떨어졌다는 듯이, 다른 데 가면 더 재미있겠다는 듯이 스스로와 서로에게 꾸며댔다. 놈들이 코흐가 쪽으로 물러나기 시작해도 여자는 긴 설교를 그만두지 않았다. 놈들은 그녀를 피해 달아나고 싶었겠지만 체면상 우쭐대는 작위적인 걸음걸이를 유지해야 했다. 그녀가 소리지르고 주먹을 흔들며 길까지 따라내려가는 동안 놈들은 엄지를 청바지춤에 찌른 채 계속 야유를 퍼부어야 했다.

나는 버나드를 부축해 일으켜세웠다. 그때 그 젊은 여자가 그를 살피러 다가왔고, 똑같이 차려입은 친구가 그녀 곁에 나타났을 때에야 나는 그들이 6월 17일 대로에서 스쳐지나갔던 여자들임을 알아보았다. 우리는 함께 다리에 힘이 실리는지 확인하는 버나드를 부축했다. 뼈가 부러진 것 같지는 않았다. 그가 한 팔을 내 어깨에 두르고 검문소까지 힘겹게 걸어가는 동안 인파 속에서 그에게 보내는 박수소리가 들려왔다.

택시가 잡힐 거라고 기대하고 길모퉁이까지 가는 데 몇 분이 걸렸다. 그동안 나는 버나드가 자신을 구조한 사람의 정체를 알아보길 애타게 바랐다. 나는 그녀에게 이름을 묻고—그레테라고 했다—그에게 되풀이해주었다. 그는 통증에 정신이 쏠려 다리 위로 몸을 숙이고 있었고, 어쩌면 가벼운 쇼크상태일 수도 있었다. 하지만 나는 끈질기게 물고늘어졌다. 정확히 어떤 이유에서였을까? 이성을 뒤흔들고 싶어서였을까? 그의 이성을? 아니면 나의?

마침내 버나드는 여자를 향해 손을 내밀었고 그녀가 손을 맞잡자 말했다. "그레테, 고마워요. 날 구해줘서." 하지만 그동안에도 그녀를 바라보지 않았다.

코흐가에서 나는 그레테와 그녀의 친구 디아네에게 그녀들에 대해 좀더 자세히 물어볼 시간이 있을지 모른다고 생각했지만 우리가 도착하자마자 승객을 내려주고 가려는 택시가 있어 불러세웠다. 그러곤 버나드를 택시에 태우느라 공백이 뒤따랐고, 감사와 작별인사, 그리고 다시 감사인사가 이어졌다. 그동안 나는 그가 자신의 수호천사를, 준의 화신을 마지막으로 한 번만 봐주길 바랐다. 나는 뒷좌석 창밖으로 걸어가는 그녀들에게 손을 흔들었고, 기사에게 목적지를 알려주기 전 버나드에게 말했다. "못 알아보시겠어요? 브란덴부르크 문 옆에서 본 여자들이잖아요. 전에 메시지를 기다렸다고 말씀하실 때……"

버나드는 머리를 매만지며 헤드레스트에 기대더니 한숨을 내쉬며 내 말을 가로막았다. 그는 푹신하게 패딩을 댄, 코끝에서 불과 몇 센티미터 위쪽에 있는 택시 천장을 보며 성급하게 말했다. "그래. 엄청난 우연의 일치가 맞아. 이제 제발 날 숙소로 데려가주게, 제러미!"

3부

마이다네크,
레살스,
생모리스드나바셀,
1989

다음날 그는 크로이츠베르크의 아파트에 누워 꿈쩍도 하지 않았다. 부루퉁해서는 작은 거실 소파에 누워 대화보다 텔레비전을 택했다. 귄터의 의사 친구가 왕진을 와서 다친 다리를 살펴보았다. 의사는 부러진 것 같지는 않지만 런던에 가서 엑스레이를 찍어보라고 권했다. 나는 늦은 아침 산책에 나섰다. 거리는 술에서 덜 깬 듯한 모습이었다. 길에는 맥주 캔과 깨진 병이 나뒹굴었고 핫도그 매점 주변에는 머스터드와 토마토케첩이 묻은 종이 냅킨이 굴러다녔다. 오후에는 버나드가 자는 동안 신문을 읽고 전날의 대화를 글로 옮겼다. 저녁에도 그는 여전히 말을 아꼈다. 나는 다시 산책을 나가 근처 선술집에서 맥주를 한 잔 마셨다. 축제 분위기가 다시 시작되었지만 그건 이미 충분히 보았다. 나는 한 시간 후 다시 아파트로 돌아갔고, 열시 반쯤에는 우리 둘 다 잠이 들었다.

다음날 아침 버나드의 런던행 비행기와 프랑크푸르트, 파리를 경유해 몽펠리에로 가는 내 비행기는 단 한 시간 차이였다. 나는 제니의 동생이 히스로공항에 마중나오도록 해두었다. 버나드는 어제보다는 생기가 있었다. 빌려둔 지팡이가 잘 맞는지 절뚝거리면서도 테겔공항 터미널을 활보하면서 지팡이로 항공사 직원을 불러 미리 요청해둔 휠체어를 상기시켰다. 휠체어는 출국 게이트에 대기중일 거라고 직원이 안심시켰다.

그쪽으로 가며 내가 말했다. "아버님, 어머니의 개들에 대해서 여쭤보고 싶은 게……"

그가 말을 가로챘다. "회고록인가? 내, 이 말은 해주지. '악과의 정면 대결' 뭐 그런 허튼소리는 다 잊어도 좋다는 거. 종교적인 헛소리야. 하지만 처칠의 검은 개에 대해서 그 여자한테 처음 말한 건 바로 나였어. 기억나나? 처칠이 가끔 찾아오던 우울증을 부르던 이름 말이야. 내 생각엔 처칠이 새뮤얼 존슨에게서 그 표현을 갖다 쓴 것 같아. 그래서 준의 생각은 개 한 마리가 개인의 우울이라면 두 마리는 모종의 문화적 우울, 문명 최악의 기분이라는 거였지. 뭐, 나쁘지 않아. 나도 종종 그 말을 썼거든. 찰리 검문소에서도 그 생각이 잠시 스쳤지. 문제는 그 남자의 적기가 아니었지. 다들 적기는 보지도 못했을 거야. 그들이 외치는 소리를 들었나?"

"아우슬랜더 라우스."

"외국인은 가라. 장벽이 무너지고 모두 거리에 나와 춤을 추고 있지만 조만간……"

우리는 게이트에 다다랐다. 금몰 장식을 단 제복 차림의 남자가 뒤쪽으로 휠체어를 갖다 대자 버나드는 한숨을 내쉬며 털썩 앉았다.

내가 말했다. "하지만 제 질문은 그게 아닙니다. 어제 예전 메모를 살펴봤어요. 마지막으로 장모님을 뵈었을 때, 두 분이 오후에 카페에서 점심을 드신 날 생모리스드나바셀의 시장이 개들에 대해서 뭐라고 했는지 아버님께 물어보라고 말씀하셨……"

"티월호텔 말인가? 그 개들이 무슨 목적으로 훈련받았는지? 그게 딱 들어맞는 예야. 시장의 이야기는 그냥 사실이 아니었어. 백번 양보해도 사실인지 알 도리가 없다고 해야 맞겠지. 하지만 준은 앞뒤가 잘 맞아떨어진다는 이유로 그 말을 믿기로 작정했어. 생각에 맞춰 사실을 왜곡하는 완벽한 예라고 할 수 있지."

내가 버나드의 짐을 건네자 승무원이 휠체어 뒤쪽에 실었다. 그러고는 일어서서 두 손으로 손잡이를 잡고 우리의 대화가 끝나기를 기다렸다. 버나드는 지팡이를 무릎에 올려놓고 뒤로 기대앉았다. 장인이 자신의 장애상태를 그토록 쉽게 받아들인다는 게 마음에 걸렸다.

"하지만 아버님." 내가 말했다. "시장이 했다는 그 얘기가 뭔데요? 그 개들이 무슨 훈련을 받았다는 거죠?"

버나드는 고개를 저었다. "다음번에. 사위, 같이 와줘서 고맙네." 그러고는 경례하듯, 또한 승무원에게 가자는 신호로 끄트머리에 고무를 댄 지팡이를 치켜들었다. 승무원은 내게 짧게 고개를 끄덕이고는 버나드의 휠체어를 밀며 가버렸다.

나는 어쩐지 심란해서 한 시간가량 남은 대기시간을 흐지부지 흘려보냈다. 나는 어느 바 옆에서 서성거리며 마지막으로 커피 한 잔—독일에서의 마지막 먹거리가 될 터였다—을 더 해야 할까 생각했다. 서점에서도 신문 한 부 사지 않고 한참 머물렀다. 신문이라면 전날 세 시간 동안 너무 많이 읽었던 터였다. 그래도 아직 이십 분이 남았다. 터미널을 천천히 어슬렁거리기에 충분한 시간이었다. 나는 외국의 공항에서 영국행이 아닌 비행기로 갈아탈 때면 출발 전광판에서 런던행 비행편을 찾아 올려다보며 내 안에서 집과 아내와 가족이 나를 얼마나 잡아끄는지 가늠해본다. 런던행은 전광판에 하나뿐인 것을 보며—국제노선에서 베를린은 소외된 곳이었다—버나드가 조금 전 한 말 때문에 아내를 처음 만났던 당시의 추억이 떠올랐다.

1981년 10월 폴란드 정부의 초청을 받아 딱히 성격을 규정할 수 없는 문화 사절단의 일원으로 폴란드에 갔었다. 당시 나는 그럭저럭 잘되는 지방 극장의 관리자였다. 사절단에는 소설가, 문화부 기자, 번역가와 두세 명의 문화부 관료가 있었다. 여성은 브뤼셀에서 재정을 지원받는 파리 소재 기관의 대표로 참석한 제니 트리메인이 유일했다. 그녀는 예쁘면서도 행동거지가 사무적이어서 다른 참석자 몇몇에게 적의를 불러일으켰다. 특히 소설가는 아름다운 여인이 자신의 명성에 크게 감동받지 않는다는 게 못마땅한 나머지 기자와 관료 한 명과 함께 누가 그녀를 제일 먼저 '유혹하는지' 내기를 했다. 살짝 주근깨가 있는 하얀 피부와 초록색 눈, 풍성한 붉은 머리칼에 완벽한 프랑스어를 구사하며 수첩에는 약속이 빼곡한 야무진 트리메인 양에게 주제 파악을 시키자는 내기였다. 공식 방문은 지루할 수밖에 없다보니 밤마다 호텔 바에서 술잔을 기울이며 두런거리는 일이 많았다. 결과는 참담했다. 이 여자와 한두 마디라도 나눌라치면 뒷전에서 다른 남자 일행이 옆구리를 쿡쿡 찌르고 눈짓을 했다. 그녀의 딱딱한 태도는 단지 긴장을 감추기 위해서라는 걸 나는 곧 알게 되었다. 다른 남자들은 나중에 나도 '내기'에 참여하는 거냐고 물었다.

내가 더 화가 났던 이유는 어떤 의미에서는, 정말 어떤 의미에서는 그 말이 맞기 때문이었다. 바르샤바에 도착해 며칠 만에 나는 상사병에 걸린, 짝사랑에 빠진 촌스러운 구제불능이 되었고 고소해 죽겠다는 소설가와 그의 친구들에게는 배꼽 잡는 문제아였다. 매일 아침식사 때마다 호텔 레스토랑을 가로질러 우리 테이블 쪽으로 걸어오는 그녀의 모습을 보자마자 나는 가슴이 아프도록 답답해오면서 속이 텅 비고 심장이 덜컥 내려앉는 듯해 그녀가 도착했을 때는 없는 사람인 듯 무시할 수도, 다른 일행들에게 마음을 들키지 않고 태연한 척 예의를 지킬 수도 없었다. 나는 내 접시 위의 삶은 달걀과 검은 빵을 건드리지도 못했다.

따로 그녀와 이야기할 기회는 없었다. 우리는 편집자, 번역가, 기자, 정부 관리, 그리고 자유노조 사람들과 같이 종일 위원회실이나 강의실에 앉아 있었다. 자유노조의 시대였다. 그때 우리는 알 길이 없었지만 자유노조는 종말을 맞기까지, 야루젤스키 장군의 쿠데타로 역사의 뒤안길로 사라지기까지 불과 몇 주를 남겨두고 있었다. 화제는 한 가지뿐이었다. 폴란드. 우리가 어둠침침한 방에서 구질구질한 방으로 옮겨가는 동안, 담배를 한 대, 두 대 태울 동안 긴박감이 주위를 맴돌았다. 폴란드는 무엇인가? 자유노조는 무엇인가? 민주주의는 꽃필 수 있을 것인가? 살아남을 것인가? 러시아는 침공할 것인가? 폴란드는 유럽에 속하는

가? 농민층은 어떻게 할 것인가? 식량 배급줄은 날이 갈수록 점점 더 길어졌다. 정부는 자유노조를 탓했고, 사람들은 모두 정부를 탓했다. 거리에는 시위가 벌어지고 경찰은 진압봉을 휘둘렀으며 학생들은 대학을 점거했고 밤샘 토론이 이어졌다. 나는 그때까지 폴란드에 대해 딱히 생각해본 적이 없었지만 일주일 안에 외국인이건 폴란드인이건 다른 모든 사람과 마찬가지로 답은 제대로 못해도 올바른 질문을 던질 줄 아는 열정적인 폴란드 전문가가 되었다. 나 자신의 정치적 견해도 혼란에 빠졌다. 내가 본능적으로 존경했던 폴란드인들이 내가 가장 불신하는 서방 정치인들을 지지하도록 촉구했고, 그때까지만 해도 삐딱한 우익 논객들의 전유물이라 생각했었던 반공산주의의 언어가 이곳에서는 모두를 쉽게 현혹했다. 이곳에서 공산주의란 특권과 부패, 허가받은 폭력, 정신병이자 어처구니없고 말도 안 되는 일련의 거짓말이며, 가장 두드러지게는 외국 권력에 의한 점령의 도구이기 때문이었다.

어느 곳이든, 어딘가에, 의자 몇 개 건너에 제니 트리메인이 있었다. 환기가 되지 않는 방에 자욱한 담배 연기 때문에 눈이 따갑고 목이 아팠고, 연일 이어지는 늦은 취침과 숙취로 어지럽고 메슥거렸으며, 감기가 심했지만 코 풀 화장지는 찾을 수 없고 고열이 계속되었다. 폴란드 연극에 대한 세션에 참석하러 가다가 나는 결국 홈통에 속엣것을 게워내고 말았다. 빵을 집으려고 가까운 줄에 서 있던 여자들은 내가 술에 취한 줄 알고 질색을 했다. 내 고열과 흥분과 고통은 폴란드, 제니, 그리고 고소해하는 냉소적인 소설가와 그의 친구들 때문이었다. 나는 결국 그들을 경멸하게 되었지만 그들은 나를 자기들 중 하나로 쳤고 내가 그날 내기에서 몇 등인지 알려주면서 나를 자극하길 좋아했다. 이 주째 초에 제니는 루블린이라는 160킬로미터나 떨어진 마을에 같이 가달라고 해서 나를 깜짝 놀라게 했다. 책을 쓰고 있는 한 친구에게 사진을 찍어다주기 위해 마이다네크 수용소를 방문하고 싶다고 했다. 나는 그보다 삼 년 전 방송국 연구원으로 일할 때 벨젠에 다녀온 후로 다시는 수용소에 가지 않겠다고 다짐한 적이 있었다. 한 번 가보는 것은 교육적으로 필요한 일이었지만 두 번이나 가는 건 병적이었다. 그런데 지금 이 유령처럼 창백한 여자가 내게 그런 곳에 다시 가자고 청하는 것이다. 그때 우리는 아침식사 직후 내 방 앞에 서 있었다. 그날의 첫 일정에는 이미 늦었고 그녀는 당장 대답해주길 원하는 것 같았다. 그녀는 수용소에 처음 가는 것이라서 친구로 생각하는 사람과 함께였으면 좋겠다고 설명했다. 친구라는 말을 하면서 그녀는 손가락으로 내 손등을 살며시 쓸었다. 서늘한 손길이었다. 나는 그녀의 손을 잡았고, 기꺼이 한 발짝 다가온 그녀에게 키스했다. 아무도 없이 휑뎅그렁하고 어두운 호텔 복도에서의 오랜 입맞춤이었다. 문손잡이가 돌아가는 소리에 우리는 멈추었고 나는 그녀에게 기꺼이 같이 가겠다고 말했다. 그때 계단에서 누가 나를 불렀다. 다음날 아침 택시편을 알아볼 때까지 다시 이야기를 나눌 기회는 없었다.

당시 폴란드 즈워티는 가치가 바닥이고 미국 달러가 매우 강세였다. 루블린까지 데려다주고, 필요하면 거기서 기다렸다가 다음날 우리를 태우고 돌아올 택시를 20달러면 수배할 수 있었다. 우리는 소설가 패거리의 눈에 띄지 않고 살짝 빠져나올 수 있었다. 나는 지난 24시간 동안 키스와 그 느낌에, 그 엄청난 사실에, 또다른 키스와 그후 다가올 것에 대한 기대에 사로잡혀 있었다. 하지만 목적지가 목적지인 만큼 바르샤바의 생기 없는 외곽을 지나는 사이 키스는 차츰 멀어져갔다. 우리는 라다의 뒷좌석에 떨어져 앉아서 각자의 기본 정보를 교환했다. 그 대화를 통해 나는 그녀의 아버지가 나세르의 전기 작가이자 라디오 프로그램에서도 이름을 들어본 버나드 트리메인이라는 걸 알게 되었다. 제니는 부모님의 오랜 별거에 대해, 영적인 명상의 삶을 추구하며 세상을 등지고 프랑스의 오지에 혼자 사는 어머니와의 어려운 관계에 대해 이야기했다. 준에 관한 이 첫 언급에 나는 벌써 그녀를 만나보고 싶은 호기심이 생겼다. 나는 여덟 살 때

부모님이 교통사고로 돌아가신 뒤 누나 진과 조카 샐리와 같이 자랐고 조카에게는 내가 아직 아버지 같은 존재라는 것, 내가 남의 부모에게 쉽게 파고들곤 했다는 이야기를 들려주었다. 우리는 그때도 내가 제니의 까다로운 어머니의 환심을 살 수 있을 거라고 농을 했던 것 같다.

바르샤바와 루블린 사이의 폴란드에 대한 내 확실치 않은 기억은 이랑을 낸 거대한 흑갈색 밭 사이로 가로수 한 그루 없는 도로가 곧게 뻗어 있는 풍경이다. 도착하니 가벼운 눈발이 흩날리고 있었다. 우리는 폴란드 친구들의 조언대로 루블린 시내에 내려 거기서부터 걸어갔다. 나는 마을 인구 4분의 3을 차지하던 유대인을 모조리 삼켜버린 수용소가 얼마나 가까이 있는지 정확히 알지 못했다. 루블린과 마이다네크는 물질과 반물질처럼 나란히 붙어 있었다. 우리는 정문의 안내문을 읽으려고 멈춰 섰다. 수십만 명의 폴란드인, 리투아니아인, 러시아인, 프랑스인, 영국인, 그리고 미국인이 여기서 죽었다고 쓰여 있었다. 수용소는 매우 조용했다. 아무도 눈에 띄지 않았다. 순간 들어가기가 꺼려졌다. 제니의 속삭임이 나를 화들짝 놀라게 했다.

"유대인이라는 말은 없어요. 그렇죠? 아직도 진행형인 거예요. 그게 정부의 입장이고요." 그러고 나서 그녀는 혼잣말하듯 덧붙였다. "검은 개인 거네."

나는 마지막 한마디는 그냥 지나쳤다. 나머지 말에서 과장을 빼고 남은 진실만으로도 내게 마이다네크는 망각을 경계하자는 고결한 시민정신을 담은 기념물에서 상상의 질병이자 살아 있는 위험으로, 악에 대한 무의식적인 묵인으로 한순간에 돌변했다. 나는 제니와 팔짱을 끼고 아직 사용중인 초소를 지나 바깥 담장 안으로 들어갔다. 초소 문간에는 꽉 찬 우유 두 병이 놓여 있었다. 강박적으로 정돈된 수용소에서 가장 최근 더해진 것은 몇 센티미터 쌓인 눈이었다. 이 무인지대를 가로지르면서 우리는 슬며시 팔짱을 풀었다. 앞쪽으로는 감시탑이 있었는데 버팀기둥 위 낮은 막사에 뾰족한 지붕을 얹고 나무사다리를 가져다놓은 모습이었다. 그곳에서 이중으로 된 안쪽 담장 사이를 볼 수 있었다. 안쪽 담장 안에는 내가 생각했던 것보다 더 길쭉하고 낮은 막사가 많이 있었다. 그것들이 우리 시야를 채웠다. 그 너머로는 주황색과 흰색 하늘을 배경으로 굴뚝 하나짜리 더러운 부정기 화물선처럼 소각로가 덩그러니 놓여 있었다. 우리는 한 시간 동안 말이 없었다. 제니는 지시사항이 적힌 메모를 보면서 사진을 찍었다. 우리는 견학 온 학생들 무리를 따라 막사 한곳에 들어갔다. 안에는 몇 개의 철조망 우리에 말린 과일처럼 납작하고 쭈그러든 신발이 가득차 있었다. 수천수만 개의 신발이었다. 다른 막사에는 신발이 더 많았고, 세번째 막사에는 믿기 어렵지만 그보다 더 많은 신발이 우리 안도 아니고 바닥에 수천씩 나뒹굴고 있었다. 나는 먼지 틈으로 어린양 장식이 아직 남아 있는 아기 신발과 그 곁에 놓인 징 박힌 부츠 한 짝을 보았다. 넝마로 변한 생명이었다. 엄청난 규모에, 말로는 너무 쉬운 숫자—수만, 수십만, 수백만—에 상상력은 올바른 연민을 저지당했고, 고통의 참상은 제대로 알 길이 없었으며, 방문객은 박해자의 전제에 저도 모르게 말려들었다. 생명은 값싼 것이며 무더기로 쌓아놓고 검사해야 할 쓰레기였다. 더 걸어들어가면서 내 감정도 죽어버렸다. 우리가 도울 길은 없었다. 먹이거나 풀어주어야 할 사람은 아무도 없었다. 우리는 관광객처럼 거닐고 있었다. 방문객은 이곳에 와서 절망하거나, 아니면 손을 주머니에 더 깊숙이 찔러넣고 따뜻해진 동전을 만지작거리며 악몽을 꾸는 이들에게 한 발 더 가까워졌다는 것을 깨달을 뿐이었다. 이것은 피할 수 없는 우리의 수치이며 우리 몫의 참담함이었다. 우리는 다른 쪽에 있었고, 과거 수용소장이나 그의 정치적 우두머리가 그랬듯 이곳을 자유로이 돌아다니고 있었다. 이런저런 것을 구경하면서, 출구가 어디 있는지 알면서, 우리가 멀쩡히 다음번 식사를 할 수 있으리라는 걸 확신하면서.

얼마 후 나는 더는 희생자들을 생각할 수가 없어 그들의 박해자만을 생각했다. 우리는 막사 사이로 걸었다. 얼마나 잘 지어졌던가, 얼마나 오랫동안 건재했던가. 우리가 걷는 길에서 가지런히 샛길이 뻗어나가 각 막사의 앞문으로 이어졌다. 막사는 우리 앞으로 아주 멀리까지 펼쳐져 그 줄 끝이 보이지 않았다. 그것도 수용소 일부의 한 줄에 불과했고, 이곳은 규모가 비교적 작은 수용소였다. 나는 외려 감탄하게 되었고 음울한 경이에 잠겼다. 이런 과업을 꿈꾼다는 것이, 이런 수용소를 기획하고 짓고 그토록 공들여 집기를 들이고 운영하고 유지하고 마을과 촌락에서 인간 연료를 거둬온다는 것이. 그 정력이라니, 헌신이라니. 어떻게 이런 일을 실수라 부를 수 있단 말인가?

우리는 다시 아이들과 마주쳤고 그들을 따라 굴뚝이 있는 벽돌건물로 들어갔다. 다른 사람들도 그랬겠지만 우리는 화덕 문짝의 제작자 이름에 주목했다. 신속하게 완수된 특별 주문이었다. 우리는 오래된 시안화수소 용기를 보았다. 데게슈라는 회사에서 공급한 치클론B였다. 나오는 길에 제니는 한 시간 만에 처음으로 입을 열더니, 1943년 11월 어느 날 독일 당국이 루블린의 유대인 삼만육천 명을 기관총으로 학살했다고 말했다. 그들은 유대인들을 거대한 무덤 속에 드러눕게 하고 확성기로 틀어놓은 댄스음악에 맞추어 죽였다. 우리는 바깥 정문의 안내문에 대해, 거기 생략된 것에 대해 이야기했다.

"독일인들이 이들의 일을 대신 한 거죠. 남은 유대인이 없는데도, 그자들은 아직도 그들을 증오해요." 제니가 말했다.

나는 불현듯 생각났다. "아까 개가 어쩌고저쩌고 했던 말, 그건 뭐예요?"

"검은 개요. 엄마가 하는 말인데 우리 식구들끼리 쓰는 표현이에요." 그녀는 좀더 설명하려다가 마음을 바꾸었다.

우리는 수용소를 나와 루블린으로 다시 걸어갔다. 나는 그곳이 아름다운 마을이라는 걸 처음 깨달았다. 바르샤바를 망가뜨린 파괴와 전후 재건도 그곳은 비껴갔다. 우리는 가파른 길에 있었고, 젖은 길의 포석이 밝은 주황빛 겨울 석양을 받아 황금빛 둥근 손잡이처럼 보였다. 오랜 감금 끝에 풀려난 듯 우리는 다시 세상으로, 루블린의 특별할 것 없는 러시아워의 평범함 속으로 돌아온 것이 흥분되었다. 제니는 자연스럽게 내 팔을 잡고는 카메라 끈을 느슨하게 풀어 메고 파리에 요리를 배우러 온 폴란드 친구 이야기를 들려주었다. 나는 앞서 섹스와 사랑에 관해 말을 아끼는 편이며 유혹에 약한 것은 누나였다고 말했다. 하지만 이날은 평소 억제하던 자아에서 해방되어 나답지 않게 훌륭한 일을 했다. 나는 말하고 있는 제니를 멈춰 세워 입을 맞추고 그녀가 내가 만나본 가장 아름다운 여인이며, 그녀와 사랑을 나누면서 남은 하루를 보내기를 그 무엇보다 더 간절히 원한다고 말했다. 그녀는 초록색 눈으로 내 눈을 찬찬히 살피더니 팔을 들었고, 나는 잠시 따귀를 맞겠구나 생각했다. 하지만 그녀는 길 건너 좁은 문 위로 빛바랜 간판이 걸린 곳을 가리켰다. 우리는 황금빛 둥근 조약돌을 밟으며 비스와호텔로 갔다. 택시 기사는 보내고 그곳에서 사흘을 지냈다. 열 달 후, 우리는 결혼했다.

나는 몽펠리에공항에서 렌트한 차를 어두운 집 바깥에 세웠다. 차에서 내려서는 잠시 과수원에 서서 별이 총총한 11월의 하늘을 바라보며 들어가고 싶지 않은 마음을 달랬다. 몇 달, 아니 몇 주 동안이라도 닫혀 있던 베르주리에 돌아오는 일은 유쾌한 적이 없었다. 긴 여름휴가가 끝난 지난 9월 초 어느 아침 소란스러운 혼돈 속에 이곳을 떠난 후로는 아무도 온 적이 없었다. 그 후 아이들 목소리의 마지막 메아리는 오래된 돌멩이들의 침묵으로 잦아들었고, 베르주리는 휴가 기간 몇 주도, 아이들이 자라는 몇 년의 시간도, 또는 수십 년에 걸친 소유 기간도 아닌 몇백 년, 시골의 몇백 년이라는 장구한 세월 속으로 잠겨들었다. 나는 진심으로 믿지는 않지만 우리가 없을 때 준의 영혼이, 그녀의 여러 유령이 은밀히 집에 대한 소유권을 재확인하는 모습을 상상할 수 있었다. 가구와 부엌용품과 그림만이 아니라 가장자리가 말린 잡지 표지며, 지도상의 호주 모양으로 생긴 화장실 벽의 오래된 얼룩이며, 아무도 내다버릴 엄두를 내지 못해서 문 뒤에 아직 걸린 채 은근히 그녀의 체형을 간직한 원예복까지 모든 것을 대상으로 다시 자신의 영역을 확인하고 있을 것 같았다. 오랜만에 돌아오면 사물 사이의 공간은 바뀌고 기울어졌으며 연갈색으로 빛이 바래거나 본래의 색깔을 드러냈고, 소리—처음으로 열쇠가 돌아가는 소리—는 미묘하게 울림이 달랐다. 그것은 귀로는 감지하지 못하는 영역에서 눈에 보이지 않는 존재가 대답을 하는 것만 같은 죽음의 메아리였다. 제니는 이 집의 문을 여는 걸 싫어했다. 밤에는 더 난관이었다. 집은 사십여 년 동안 조금씩 확장되어 이제 현관문은 전기 배전반에서 꽤 멀리 떨어져 있었다. 배전반까지 가려면 거실과 주방을 가로질러야 하는데 손전등 가져오는 걸 깜빡했다.

나는 현관문을 열고 컴컴한 벽 앞에 섰다. 그러곤 안으로, 우리가 양초와 성냥갑을 놓아두기로 한 선반으로 팔을 뻗었다. 아무것도 없었다. 서서 귀를 기울였다. 내가 어떤 합리적인 말을 혼자 중얼거렸는지 몰라도, 나는 한 여인이 그토록 오랫동안 영원에 대해 숙고했던 집에 어떤 섬세한 감화력이, 아주 미세한 의식의 거미줄이 내재되어 내 존재를 의식하고 있다는 생각을 떨칠 수 없었다. 감히 엄두를 내지 못했지만 준의 이름을 큰 소리로 부르고 싶었다. 그녀의 영혼을 불러들이기 위해서가 아니라 쫓아내기 위해서. 대신 나는 큰 소리로, 회의에 찬 남성의 목소리로 목청을 가다듬었다. 불을 환히 밝히고 라디오를 튼 다음 도로변 노점상에서 산 어린 청어를 준의 올리브유로 구우면 유령은 어둠 속으로 도로 물러날 터였다. 햇빛도 있다면 도움이 되겠지만 이틀 정도만 지나면, 불편한 밤을 두어 번만 지나고 나면 집은 다시 온전히 내 것이 될 터였다. 베르주리를 방문 즉시 내 것으로 만들려면 아이들과 같이 와야 했다. 아이들이 잊고 있던 게임이며 할 거리를 다시 발견하고 큰 소리로 웃고 떠들고 이층 침대를 둘러싸고 다투노라면 영혼은 산 자들의 에너지에 정중히 자리를 내주고, 그러면 그제야 준의 침실이나 낡은 서재를 비롯해 집안 어디라도 별생각 없이 돌아다닐 수 있었다.

나는 손을 얼굴 앞으로 쭉 뻗고 복도를 가로질렀다. 어디고 준을 떠올리게 하는 달콤한 냄새가 났다. 준이 대량으로 사둔 라벤더 비누에서 풍기는 향내였다. 우리는 준이 비축해놓은 물건들을 반도 쓰지 못했다. 나는 손으로 더듬으며 거실을 가로질러 주방으로 통하는 문을 열었다. 그곳에서는 금속과 은근한 부탄가스의 냄새가 났다. 두꺼비집과 전기 스위치는 주방 안쪽 벽의 수납장에 있었다. 이 어둠 속에서도 앞쪽 한 부분이 더 검게 보였다. 식탁 모서리에 몸을 붙이고 앞으로 나아가는데 누군가 지켜보고 있다는 느낌이 증폭되었다. 내 피부는 어둠과 공기 분자 하나에도 예민하게 반응하는 뛰어난 지각기관이 되었다. 맨살이

드러난 팔이 위협을 감지했다. 무슨 일이 벌어지고 있었다. 주방이 전 같지 않았다. 나는 잘못된 방향으로 나아가고 있었다. 돌아나가고 싶었지만 그건 터무니없는 짓일 터였다. 자동차는 잠을 자기에 너무 작았다. 제일 가까운 호텔도 40킬로미터나 떨어져 있고 자정이 다 된 시각이었다.

형체가 불분명하고 주위보다 검은 배전반 수납장은 스무 걸음쯤 떨어져 있었고 나는 식탁 모서리를 손으로 훑으면서 나아가고 있었다. 어린 시절 후로 어둠에 이토록 위축된 적은 없었다. 만화 주인공처럼, 나는 자신 없는 목소리로 나지막이 허밍을 했다. 아무 곡조도 생각나지 않아서 바보 같은 몇 소절을 두서없이 흥얼거렸다. 목소리는 유약하게 들렸다. 나는 해를 입어 마땅했다. 다시 한번, 이번에는 더 확실하게 같은 생각이 들었다. 그냥 이 자리를 뜨면 그만이다. 뭔가 딱딱하고 둥근 것이 손에 닿았다. 식탁 한쪽 끝에 달린 서랍 손잡이였다. 그것을 당길 뻔했지만 그러지 않기로 했다. 나는 식탁이 손에 닿지 않는 곳까지 억지로 나아갔다. 벽의 그 부분은 너무 시커메서 박동이 느껴질 지경이었다. 중심은 있지만 가장자리는 없었다. 한 손을 들어 그쪽으로 뻗다가 기가 꺾이고 말았다. 감히 건드릴 수 없었다. 나는 한 발 뒤로 물러나 어쩔 줄 모른 채 그 자리에 섰다. 잽싸게 움직여 전원을 켜고 언제나처럼 그저 평범함이 지속될 뿐이라는 걸

환한 인공조명에 확인해보라는 이성의 목소리와, 평소보다 더 유별나도록 쉽게 믿어지는 미신적인 두려움 사이에서 갈팡질팡하고 있었다.

분명 오 분 넘게 그렇게 서 있었을 것이다. 앞으로 발을 홱 내디디며 배전반 문을 활짝 열어젖히려던 순간도 있었는데 그 첫 신호가 다리까지 전달되지 않았다. 그대로 주방을 나선다면 그날 밤은 다시 돌아올 수 없으리란 걸 알았다. 그래서 그렇게 서 있다가 마침내 식탁 서랍과 왜 그것을 열려고 했었는지를 떠올렸다. 문간에 있어야 했던 양초와 성냥이 그 안에 있을 터였다. 나는 다시 식탁을 손으로 쓸어 서랍을 찾아내고는 전지가위와 압정과 끈 사이를 더듬었다.

5센티미터가 되지 않는 양초 토막은 첫번째 시도에 금세 불이 켜졌다. 가까이 다가가자 배전반 수납장의 그림자가 벽에 어른거렸다. 뭔가 달라 보였다. 문에 달린 작은 나무손잡이는 전보다 길고 더 화려하게 장식되었고 각도도 달랐다. 장식이 결국 전갈 형태로 자리잡았을 때 나는 두 발짝쯤 떨어져 있었다. 놈은 통통하고 노란 빛깔로, 집게가 대각선 축으로 휘어져 있고 마디마디가 두툼한 꼬리는 그 밑의 손잡이를 가리고 있었다.

이 생명체는 고대 협각류로 조상이 거의 육억 년 전인 캄브리아기까지 거슬러올라간다. 이들이 영장류의 생활반경에 들어오게 된 것은 완신세* 이후 현대에 대한 놈들의 순진함과 무지 때문이다. 전갈들은 드러난 벽마다 납작하게 붙어서 한심한 집게발과 침 따위의 구식 방어도구로 무장하고 있지만 발길질 한 번이면 맥도 못 춘다. 나는 조리대에서 묵직한 나무주걱을 집어들고 단번에 놈을 죽였다. 전갈은 바닥으로 떨어졌고 나는 확실하게 하기 위해 그것을 한참 밟고 있었다. 하지만 전갈의 몸체가 있던 곳은 아직 만지기가 꺼려졌다. 이제야 수년 전 같은 수납장 안에서 새끼 전갈들의 둥지를 발견했던 기억이 났다.

불이 들어오고, 모서리가 둥근 50년대식 냉장고가 부르르 떨더니 예의 친숙한 덜거덕 소리를 내기 시작했다. 지금 당장은 내 경험을 더 곱씹지 않으려고 애썼다. 나는 짐을 들이고 침대를 정돈하고 생선을 굽고는 아트 페퍼의 오래된 음반을 최대한 크게 튼 다음 와인 반병을 마셨다. 새벽 세시쯤 문제없이 잠들었다. 다음날에는 우리의 12월 휴가를 위한 준비를 시작했다. 적어온 목록을 처음부터 차례대로 훑어갔다. 지난 9월 폭우로 떨어져나간 타일을 고치며 지붕 위에서 몇 시간을 보내고 나머지는 집안의 허드렛일을 했다. 날이 따뜻해서 늦은 오후로 기울 무렵 준이 제일 좋아하던 자리인 능수버들 아래쪽에 해먹을 걸었다. 거기

* 빙하기 이후 만 년 전부터 현재에 이르는 지질학상의 시기.

누우니 황금빛이 생프리바 쪽 협곡에 비치고 로데브 부근의 낮은 산들 위로 겨울 태양이 낮게 걸린 광경이 보였다. 나는 종일 느꼈던 공포에 대해 생각했다. 집을 손보는 동안에도 두 목소리가 줄곧 나를 쫓아다니더니 찻주전자를 곁에 두고 늘어진 지금 더욱 선명해졌다.

준이 당장에 퍼붓기 시작했다. "자네 정면에서 뚫어져라 바라보고 있는 걸 어떻게 의심하는 척할 수 있지? 어쩜 그렇게 삐딱할 수가 있어, 제러미? 집에 들어서자마자 내 존재를 느꼈잖나. 위험하다는 예감도 있었고, 그다음엔 예감을 무시했다면 심하게 쏘였으리라는 것도 확인했어. 내가 경고를 보내고 보호한 거야. 그건 단순한 사실이라고. 그래도 굳이 그렇게까지 확고한 회의주의를 포기하지 않겠다면 자넨 고마움을 모르는 사람이지. 내가 자네 앞에 나타날 필요도 없었고. 합리주의란 맹목적인 신념이야. 제러미, 그리 눈이 멀어서 앞으로 사물을 어찌 보려고 그래?"

버나드는 신이 났다. "정말 유용한 예로군! 물론 죽은 후에도 모종의 의식이 살아남아 자네를 위해 행동했다는 개연성을 배제할 순 없지. 언제나 열린 태도를 견지해야 하는 법이니까. 통용되는 이론에 부합하지 않는다고 현상을 무시하는 일은 경계해야지. 반면 어느 쪽도 분명한 증거가 없다면 좀더 단순한 또다른 가능성을 고려하지 않고 성급하게 결론으로 넘어갈 필요가 뭔

가. 자네는 자주 그 집에서 '준의 존재를 감지'했지. 그저 그곳이 한때 준의 집이었으니까 아직도 준의 물건으로 가득하고 그런 곳에 있으면, 특히 한참 비웠다가 자네 가족이 집안을 채우기 전에 가보면 준이 떠오를 수밖에 없는 거야. 달리 말하면 이 '존재'라는 건 자네 머릿속에 있고, 그걸 자네가 주변에 투사했다는 뜻이지. 망자에 대한 인간의 두려움을 감안하면 자네가 어둠 속에서 더듬더듬 집안으로 들어가며 조심스러웠던 것도 이해할 만한 일이고. 그리고 자네의 심리상태를 고려하면 벽에 있는 배전반 수납장도 무시무시한 물체로 보일 수밖에 없었을 거야. 주위의 어둠보다 더 시커먼 공간, 맞지? 자네 머릿속에는 그곳에서 전갈 둥지를 발견했던 기억이 묻혀 있어. 그걸 고려해 불빛이 별로 없는데도 무의식중에 전갈의 모양을 감지했을 가능성을 생각해야지. 그래서 예감이 적중한 거고. 글쎄, 사위! 전갈은 프랑스의 이 지방에서 상당히 쉽게 볼 수 있다고. 그 수납장에 전갈이 앉아 있지 말라는 법이 어디 있나? 전갈에 손을 쏘였다고 해도 마찬가지야. 독은 쉽게 빨아낼 수 있지. 아프고 불편하겠지만 하루 이틀이 고작이야. 어차피 검은 전갈도 아니었는데 뭘. 저세상에 간 지 오래인 영혼이 뭐하러 사소한 부상에서 자넬 구하려고 굳이 나타나겠나? 이 정도의 걱정에 망자들이 개입한다면 왜 매일 일어나는 비극에서 수백만 인류를 구하지는 않고 가만있지?"

"하!" 준의 말소리가 들렸다. "우리가 가만있는지 아닌지 당신이 어떻게 알아? 어차피 믿지도 않을 거면서. 나는 베를린에서는 버나드를 돌봤고 간밤에는 자네를 돌봤어. 무언가를 보여주고 싶어서, 하느님이 만드신, 하느님으로 충만한 우주에 자네가 얼마나 무지한지 보여주고 싶어서. 하지만 회의주의자가 사소하고 재미없는 자기 생각에 끼워맞추려고 제멋대로 해석하지 못할 증거도 없……"

"말도 안 되는 소리." 버나드가 반대쪽 귀에 대고 속삭였다. "과학이 드러내는 세계는 눈부시게 아름답고 신기한 곳이지. 그걸 이해하지 못한다고 신을 만들어낼 필요는 없어. 인류는 갓 연구에 착수했을 뿐이라고!"

"내 일부가 존재하지 않는데도 내 목소리가 들렸을까?"

"자네에겐 아무 소리도 안 들려, 사위. 우리 둘 다 자네가 아는 사실에 근거해 만들어낸 허상이라고. 이 자리엔 자네뿐, 다른 누구도 없어."

"신이 있지." 준이 말했다. "악도 있고."

"내가 악이라면." 버나드가 입을 열었다. "세상은 전혀 나쁜 곳이 아니군."

"버나드의 악은 바로 저런 순진함이야. 제러미, 자네도 베를린에 있었잖아. 버나드와 그 족속이 진보의 이름으로 저지른 일을 보라고."

"이런 경건하신 유일신주의자를 보게나. 옹졸하고 편협하고 무지한 저런 자들이 신념에 차서 저지른 잔혹한 일들이란……"

"하느님은 사랑이기에 버나드를 용서하실……"

"고맙지만 우린 신이 없어도 사랑할 수 있어. 기독교인들이 사랑이란 말을 독점해버리다니, 어찌나 혐오스러운지."

두 목소리가 집안을 채웠고 둘은 나를 쫓아다니며 괴롭히기 시작했다. 다음날 과수원 복숭아나무의 가지를 치는데 준이 나타나 지금 다듬는 나무와 그 아름다움은 신의 창조물이라고 말했다. 버나드는 이런 나무와 다른 수목이 진화의 산물임은 익히 아는 사실이며 그걸 설명하는 데 신은 필요 없다고 말했다. 내가 도끼로 땔감을 패고 빗물 홈통을 청소하고 방마다 빗자루로 쓰는 동안 두 사람의 주장과 반론이 꼬리에 꼬리를 물었다. 언쟁은 끈질기게 귓전에서 윙윙거렸고, 내가 간신히 주의를 다른 쪽으로 분산시켰을 때도 계속되었다. 귀를 기울여봤자 아무것도 배울 수 없었다. 각 주장이 상대방의 앞선 주장을 가로막거나 다음 주장에 가로막혔다. 자가당착에 빠진 주장과 0의 곱셈이 이어졌지만 나는 그것을 멈출 수 없었다. 일을 모두 마치고 회고록에 쓸 메모를 식탁에 펼쳐놓자 장인과 장모가 다시 언성을 높였다.

나도 한번 끼어들어보았다. "보세요, 두 분. 두 분은 각기 다른 세계에 사니 서로의 전공 영역 밖에 계시잖아요. 신의 존재를 입증하거나 반증하는 게 과학의 문제가 아니듯, 세상을 측정하는 것도 영성의 일이 아니에요."

당혹스러운 듯한 침묵이 이어졌다. 두 사람은 내가 말을 계속하길 기다리는 듯했다. 그때 내가 아닌 준에게 나지막이 말하는 버나드의 목소리가 들렸다. 어쩌면 내가 그 상황을 만들었는지도 모르겠다. "다 좋다 이거야. 하지만 교회는 언제나 과학을, 아니, 모든 지식을 통제하려 했어. 갈릴레오의 경우만 봐도……"

그러자 준이 그의 말을 잘랐다. "유럽에서 몇백 년간 학문활동을 지켜온 건 다름아닌 교회였어. 1954년에 함께 클뤼니에 갔을 때 도서관을 보여줬던 그 남자 기억해?"

집에 전화를 걸어 내 정신이 이상해지는 것 같다고 불평하자 제니는 아주 신이 나서 조금도 위로가 되지 않는 말을 했다.

"두 분의 얘기를 원했던 건 당신이야. 엄마 아빠를 부추기고 꼬드겼잖아. 이제 두 분에 대해선 꽉 잡았네. 말싸움이고 뭐고 다." 그녀는 한번 더 웃음보를 터뜨리더니 장인 장모가 하는 이야기를 왜 받아적지 않았느냐고 물었다.

"그게 무슨 소용이야. 뱅뱅 돌기만 하는걸."

"내가 늘 하던 말이 바로 그거잖아. 그렇게 안 들으려고 하더니. 당신은 지금 들쑤신 벌을 받고 있는 거야."

"누구한테?"

"엄마한테 물어봐."

아침식사를 마치고 잠시 후 모든 할일을 제쳐두고 모든 정신적 책무에서도 나 자신을 면제해 학교를 빼먹는 듯한 호사스러운 심정으로 등산화를 신고 대축척지도 한 장을 찾아 물병과 오렌지 두 개를 작은 배낭에 넣었던 것은 또다른 어느 맑은 날이었다.

나는 고원까지 가기 위해 베르주리 뒤로 난 등산로를 따라 길을 나섰다. 메마른 협곡 위 북쪽으로 졸참나무숲을 관통해 올라가다가 파드라제의 거대한 바위 밑으로 굽어지는 길이었다. 씩씩한 발걸음으로 가면 코스뒤라르자크까지는 반시간밖에 걸리지 않았다. 고원의 소나무숲에는 시원한 산들바람이 불고, 피크드비수 방향과 그 너머 60킬로미터쯤 떨어진 곳에서 은빛으로 반짝이는 지중해가 보였다. 나는 모랫길을 따라 소나무숲을 지나고 비바람에 폐허가 되어버린 석회암 노두를 지나 베르주리드테드나 방향으로 올라가는 공터로 길을 잡았다. 거기서부터는 고원이 보였고 몇 시간 걸어가면 생모리스드나바셀이었다. 그 너머로 2킬로미터도 안 되어 비스강 협곡의 거대한 골짜기가 있었다. 그 왼쪽 가장자리 어디쯤에 프뤼나레드 고인돌이 있었다.

우선 수목한계선을 통과해 라바크리로 들어가는 내리막길에 접어들었다. 어느 마을을 걸어서 드나드는 데는 소박한 기쁨이 있다. 남들은 집이나 인간관계나 일에 얽매인 인생이 있는 반면 나는 소유물이나 의무에 방해받지 않고 자족적이고 자유롭다는 환상을 잠시나마 누릴 수 있다. 그것은 자동차를 타고 지나가면서는, 차량의 일부로서는 느낄 수 없는 특권적인 가벼움이었다. 나는 바에 잠시 들러 커피 한 잔을 하려던 마음을 접고, 그저 건너편의 기념물을 가까이에서 살펴보고 하단에 새겨진 글을 노트에 적어넣으려고 잠시 발걸음을 멈췄다.

작은 도로를 만나 마을을 벗어나서는 협곡 방향으로 난 예쁜 등산로로 길을 잡고 북쪽을 향했다. 이곳에 도착한 후 처음으로 진정 기분이 좋아졌고, 프랑스의 이 버려진 지대에 대한 옛정이 다시 샘솟았다. 준과 버나드의 끈질긴 언쟁은 희미해지고 있었다. 베를린에서의 흥분도 마찬가지였다. 목뒤의 수많은 잔근육이 서서히 풀리는 것만 같았고, 그 과정에서 스쳐지나가는 광활한 풍광만큼이나 차분하고 너그러운 공간이 내 안에 생겨나는 것만 같았다. 나는 행복할 때면 자주 그러듯 전체 패턴에 대해서 생각해보았다. 여덟 살부터 마이다네크에 이르는 내 존재의 약사略史에 대해서, 그리고 내가 어떻게 구원받았는지에 대해서. 1600킬로미터 바깥에, 수백만 채의 집 가운데 한곳에, 또는 그 부근에 제니와 우리의 네 아이가, 나의 종족이 있었다. 나는 속

한 곳이 있었고, 내 삶은 뿌리가 있고 풍요로웠다. 등산로는 평탄했고 나는 한결같은 걸음새를 유지했다. 회고록의 순서를 어떻게 잡아야 할지 보이기 시작했다. 일 생각을 하다가 직원들의 편의를 위해 사무실을 이러저러하게 재배치할 수도 있겠다고 생각했다. 나는 생모리스까지 가는 동안 이런 생각에, 다른 몇 가지 관련 계획에 사로잡혀 있었다.

마을로 들어서는 동안에도 고요한 자족감은 지속되었다. 나는 티월호텔의 테라스에서 맥주를 한 잔 마셨다. 내가 앉은 테이블이 어쩌면 신혼여행중이던 젊은 커플이 점심을 들면서 시장의 말에 귀를 기울였던 바로 그 자리인지도 몰랐다. 나는 그날 밤을 보낼 방을 예약하고 고인돌까지 1.5킬로미터 남짓 이어지는 길을 나섰다. 시간을 벌기 위해 도로로 갔다. 오른쪽으로 몇 미터만 가면 땅이 융기된 곳에 가려진 협곡의 입구였고, 왼쪽과 앞에는 더 황량한 고원의 풍경이 구불구불 펼쳐져 있었다. 토양은 바짝 말랐고 산쑥과 전신주가 있었다. 버려진 농장인 라프뤼나레드를 지나서 모랫길을 따라 오 분 정도 내려오자 고인돌이 나타났다. 나는 배낭을 벗고 크고 평평한 돌판 위에 앉아 오렌지 하나를 깠다. 돌판은 오후 햇살을 받아 미지근했다. 오는 길에 특별한 의도 같은 것은 일부러 마음에 담지 않으려 애썼지만 도착하고 보니 목적이 분명해졌다. 나는 내 연구대상들의 목소리의 수동적인 희생자로 남기보다 그 목소리를 좇기 위해, 소시송을 자르고 말라버린 빵을 부스러뜨리며 협곡 너머 자신들의 미래를 응시하던 버나드와 준을 재창조하기 위해 이 자리에 온 것이었다. 그들 세대의 낙관주의와 교감하기 위해, 일생일대의 대면 전날 처음으로 불거진 준의 의구심을 면밀히 조사하기 위해. 나는 일생에 걸친 불화가 시작되기 전 사랑에 빠진 두 사람을 찾고 싶었다.

하지만 다섯 시간에 걸친 산행 후 나는 정화된 기분이 들었다. 균형을 잃지 않았고 목적이 확실했고 유령 따위를 마주할 기분이 아니었다. 내 마음은 아직 나 자신의 계획과 프로젝트로 가득했다. 나는 더이상 유령에게 사로잡힐 사람이 아니었다. 목소리들은 사라졌다. 이 자리에는 나 말고 아무도 없었다. 오른쪽으로 비쳐드는 11월의 낮은 잔양에 아득한 절벽 아래 얼룩덜룩 그늘진 부분이 두드러져 보였다. 내게 필요한 것은 이곳이 주는 기쁨, 장인과 우리 아이들과 함께 이곳을 찾아 저 돌판을 식탁 삼았던 가족 소풍의 추억뿐이었다.

나는 오렌지 두 개를 다 먹고 손을 어린아이처럼 셔츠에 대충 닦았다. 그러고 나서 협곡 가장자리를 따라 다시 걸을 참이었는데 길은 내가 마지막으로 다녀간 이후 가시 돋친 잡목으로 뒤덮여 있었다. 90미터 정도 가다가 되돌아와야 했다. 짜증스러웠다.

상황을 통제하고 있다고 생각하자마자 그 반증이 나타나다니. 하지만 여기가 버나드와 준이 그날 저녁 생모리스를 향해 걸어간 길이라는 걸 떠올리고는 평정을 되찾았다. 그것은 그들의 길이었고 내 길은 달랐다. 나는 낡은 농장까지 갔다가 다시 도로를 따라갔다. 잡목이 무성한 길에서 어떤 상징을 찾아야 한다면 이 편이 내게는 더 나았다.

내 연구대상들에 대해 쓸 수 있을 만큼 충분히 홀가분한 기분으로 고인돌에서 돌아올 때는 회고록의 해당 부분을 바로 이 지점에서 끝낼 생각이었다. 하지만 그날 저녁 호텔에서 일어난 일은 간략하게 이야기해야겠다. 꼭 나를 위해 준비된 연극 같은 일이 일어났기 때문이다. 그것은 좀 왜곡되었을지 몰라도 내 집착의, 내 외로웠던 어린 시절의 현현이었다. 그것은 속죄이자 구마의식이었고, 그 무대에서 나는 나 자신뿐 아니라 조카 샐리의 역할까지 맡아 두 사람 몫의 복수를 했다. 준의 표현을 빌리자면 이번에도 그녀 자신의 '유령'이 나를 지켜보며 그 자리에 함께했다. 내가 끌어낸 힘의 원천은 사십삼 년 전 1.5킬로미터 남짓 떨어진 곳에서 시련을 마주한 준이 보여준 용기가 분명했다. 어쩌면 그녀는 내가 진정으로 맞서야 했던 것은 내 안에 있다고 말했을지도 모르겠다. 결국 나는 보통 개에게나 하는 말에 수그러들어 꼬리를 내렸으니까. 사 수피(그만)!

어떻게 된 일인지는 잘 기억이 안 나지만 티월호텔에 돌아온 다음 어느 시점, 그러니까 바에 앉아 페르노를 한잔 하고 있을 때 아니면 방에 있다가 비누를 가지러 내려왔을 때였을 것이다. 그때 나는 호텔 주인 여자의 이름이 모니크 오리악이라는 걸 알게 되었는데, 회고록 메모에 적은 기억이 있었다. 그녀는 준을 돌봐주었던 마담 오리악의 딸이 분명했고, 어쩌면 시장이 그 이야기를 했을 때 음식을 내온 아가씨였을 수도 있다. 나는 그녀에게 몇 가지 질문을 하고 그 일을 얼마나 기억하는지 알아봐야겠다고 생각했다. 하지만 바는 갑자기 아무도 없이 비었고 홀도 마찬가지였다. 주방에서 목소리가 들렸다. 호텔이 작으니 결례를 좀 해도 괜찮겠다는 생각이 들어서 나는 여기저기 긁힌 스윙도어를 밀고 안으로 들어섰다.

내 앞에는 탁자 위 광주리에 피 묻은 털가죽이 잔뜩 쌓여 있었다. 주방 안쪽에서는 실랑이가 벌어지는 중이었다. 마담 오리악과 요리사인 그녀의 남동생, 객실 메이드 겸 홀 서빙을 하는 젊은 여자가 나를 힐끗 돌아다보더니 동시에 말을 하기 시작했다. 나는 수프가 끓고 있는 스토브 옆에 서서 기다리고 있었다. 그들이 나에 대해 언쟁하고 있다는 걸 깨닫지 못했으면 잠시 후 살금살금 나갔다가 나중에 다시 왔을 것이다. 호텔은 원래 문을 닫

왔어야 했는데 젊은 여자가 영국에서 온 신사를 묵게 하는 바람에—마담 오리악이 손등으로 나를 가리켰다—그녀, 마담 오리악이 형평성을 위해 한 가족에게 객실 두 개를 내주어야 했고, 이제는 파리에서 온 여인까지 있었다. 이 손님들의 식사를 어떻게 다 준비한단 말인가? 호텔은 직원이 부족했다.

그녀의 남동생은 투숙객들이 모두 75프랑짜리 메뉴 한 가지—수프, 샐러드, 토끼고기, 치즈로 구성된—만 선택하고 다른 메뉴를 기대하지 않는다면 어렵지 않다고 했다. 젊은 여자도 그 말을 지지했다. 마담 오리악은 그런 식당을 운영하고 싶지는 않다고 했다. 이 시점에서 나는 큼, 목을 가다듬고 끼어들어 투숙객들은 연중 이렇게 늦은 시기에 문을 연 호텔이 있다는 것만으로도 감지덕지하기 때문에 이런 상황을 감안한다면 세트 메뉴뿐이라 해도 흔쾌히 승낙할 거라고 말했다. 마담 오리악은 성마르게 혀를 차며 고개를 까딱하는 것으로 받아들이겠다는 표시를 하고서 주방을 나갔고, 남동생은 이겼다는 듯이 손바닥을 펼쳐 보였다. 한 가지 더 양보가 필요했다. 일을 덜기 위해 좀 이른 시각인 일곱시 반에 다 같이 한꺼번에 저녁을 먹어야 했다. 나는 물론 괜찮다고 했고, 요리사는 젊은 여자를 보내 다른 투숙객들에게 알리도록 했다.

반시간 뒤, 내가 홀에 제일 먼저 도착했다. 이제 단순한 손님

이상이 된 기분이 들었다. 나는 이제 내부자이자 호텔 사정을 아는 당사자였다. 마담 오리악이 직접 내게 빵과 와인을 가져다주었다. 그녀는 이제 기분이 좋았고 실제로 1946년에 여기서 일했다는 사실도 확인해주었다. 버나드와 준의 방문은 기억 못하지만 개에 대한 시장의 이야기는 분명 알고 있었고 덜 바쁠 때 내게 이야기해주기로 약속했다. 다음으로 나타난 것은 파리에서 온 여인이었다. 삼십대 초반인 그녀는 창백하고 여윈 유형의 미인이었다. 일부 프랑스 여인들처럼 불안정한 인상에 과하게 신경쓴 외모가 내 취향에는 너무 엄격해 보였다. 그녀는 뺨이 쏙 들어가고 굶주린 사람처럼 눈이 크고 퀭했다. 잘 먹지 않는 사람인 것 같았다. 그녀는 또각또각 소리를 내며 타일 바닥을 걸어와 내게서 제일 먼 모퉁이 테이블에 앉았다. 홀의 유일한 손님인 내 존재를 전적으로 무시함으로써 역설적이게도 그녀의 모든 동작은 나를 의식한 것이라는 인상을 주고 말았다. 내가 읽던 책을 내려놓고 내 생각이 정말 맞는 걸까, 아니면 여자들이 이따금 불평하듯 남자의 편견이 투영된 착각일까 궁금해하고 있을 때 그 가족이 들어섰다.

남편, 아내, 그리고 일고여덟 살쯤 되어 보이는 남자아이로 모두 셋인 이들 가족은 침묵에 싸여 도착했다. 가족을 무겁게 감싼 강렬함은 홀 안의 더 큰 고요를 가로질러 내 자리 하나 건너편의 테이블에 자리잡았다. 이들은 의자를 시끄럽게 끌며 앉았다. 작은 횃대에 앉은 수탉 같은 남자는 문신을 한 팔뚝을 테이블에 올려놓고 주변을 둘러보았다. 그는 제일 먼저 메뉴에서 눈을 들지 않는—혹은 결코 들지 않으려 하는—파리 여인 쪽을 뚫어져라 바라보더니 나와 눈이 마주쳤다. 내가 고개를 끄덕였지만 인사를 맞받는 기색은 없었다. 그는 그저 내 존재를 인식하고는, 핸드백에서 골루아즈 담배 한 갑과 라이터를 꺼내는 아내에게 뭐라고 웅얼거렸다. 부모가 담뱃불을 붙이는 동안 나는 테이블의 자기 자리에 오도카니 앉아 있는 소년을 바라보았다. 몇 분 전 홀 밖에서 한바탕 소란이 있었던 모양이었다. 아이가 말썽을 피워 혼이 난 것 같았다. 아이는 샐쭉해져서 무기력하게 왼손을 옆구리 밑으로 떨어뜨리고 오른손으로는 식기를 만지작거리며 앉아 있었다.

마담 오리악은 빵과 물, 마시기 어려울 만큼 맛없는 냉장 레드와인 1리터를 가져왔다. 그녀가 가고 나자 소년은 더 푹 꺼져 앉으며 팔꿈치를 테이블에 대고 머리를 손으로 받쳤다. 당장 식탁보 위로 어머니의 손이 날아와 소년의 팔뚝을 매섭게 찰싹 때렸다. 담배 연기에 눈을 가늘게 뜨고 있던 아버지는 개의치 않는 것 같았다. 아무도 말이 없었다. 가족 건너편의 파리 여인은 작정한 듯이 홀의 한구석만 뚫어져라 바라보았다. 소년은 의자 등받이에 꺼지듯이 기대앉아 제 무릎을 바라보며 팔을 문질렀다. 어머니는 아주 세심하게 재떨이에 담뱃재를 톡톡 털었다. 아이를 때릴 만한 어머니로는 보이지 않았다. 여자는 분홍빛의 통통한 여인으로 보기 좋은 둥근 얼굴에 인형처럼 뺨이 발그레했는데, 그녀의 행동과 어머니다운 외모 사이의 괴리는 불길하기까지 했다. 나는 이 가족의 존재와 내가 아무것도 할 수 없는 이 비참한 상황에 짓눌리는 기분이 들었다. 마을 어딘가에 달리 저녁을 먹을 곳이 있었다면 그리 갔을 터였다.

나는 라팽오셰프를 다 먹었고 가족은 아직 샐러드를 먹고 있었다. 몇 분 동안 들리는 것이라고는 칼과 포크가 접시에 부딪히는 소리뿐이었다. 글을 읽을 수가 없어서 나는 책머리 너머로 조용히 지켜보았다. 아버지는 빵조각으로 접시에 묻은 비네그레트소스를 닦아 먹고 있었다. 제게 음식을 먹이는 것이 남의 손인 것처럼 매번 고개를 숙였다. 소년은 다 먹었다는 뜻으로 한쪽으로 접시를 치우며 손등으로 입을 가볍게 토닥였다. 내가 보기에는 소년의 입술에 음식이 묻지도 않아서 입맛이 까다로운 아이가 아무 생각 없이 한 행동 같았다. 하지만 나는 남이었고, 어쩌면 그것은 도발인지도, 오랜 갈등의 연장인지도 몰랐다. 아버지가 당장 "세르비에트(냅킨)" 어쩌고저쩌고하는 말을 웅얼거렸다. 어머니는 먹다 말고 엄하게 지켜보았다. 소년은 무릎에서 냅킨을 들고 입이 아니라 한쪽 뺨에 먼저, 그리고 다른 뺨에 대고 조심스럽게 꼭꼭 눌렀다. 그렇게 어린 아이였으니 그것은 분명 올바른 행동을 하려고 했지만 결과적으로 서툴게 되어버린 경우였을 것이다. 하지만 아버지는 그렇게 생각하지 않았다. 그는 빈 샐러드 그릇 위로 몸을 숙이더니 소년의 쇄골 아래쪽을 힘껏 밀었다. 그 충격에 소년이 의자 밑으로, 바닥으로 요란하게 떨어졌다. 어머니가 의자에서 반쯤 일어서며 아이의 팔을 붙잡았다. 그녀는 소년이 울부짖기 전에 단속해 식당 예절을 지키고 싶어했다. 사태 파악도 미처 못한 아이에게 어머니는 이를 악물고 말했다. "태투아! 태투아!(입다물어! 입다물어!)" 자기 자리를 뜨지 않고도 여자는 남편이 솜씨 좋게 한 발로 원위치시킨 의자로 아이를 다시 끌어올릴 수 있었다. 부부는 뛰어난 조화를 이루며 움직였다. 그들은 일어서지 않음으로써 불쾌한 장면을 연출하지 않는 데 성공했다고 생각한 모양이었다. 소년은 훌쩍이며 제자리에 앉았다. 어머니는 엄중한 경고의 뜻으로 아이의 눈앞에 집게손가락을 들어 보이더니 울음이 완전히 그칠 때까지 그대로 있었다. 그리고 눈길을 거두지 않은 채 손을 내렸다.

마담 오리악의 묽고 시금털털한 와인을 따르는 내 손이 떨렸다. 나는 와인을 꿀꺽꿀꺽 마셨다. 목이 메어왔다. 내가 보기에는 우는 일조차 허용되지 않는다는 사실이 소년을 바닥에 떨어뜨린 타격보다도 더 끔찍했다. 나를 괴롭힌 것은 소년의 외로움이었다. 부모님이 돌아가신 뒤 내가 느꼈던 외로움이 기억났다. 그 절망은 말로 다할 수 없었고, 나는 아무 기대도 없었다. 이 소년에게 세상은 그저 비참한 곳이었다. 누가 도울 수 있단 말인가? 나는 주위를 둘러보았다. 혼자 앉은 여인은 고개를 돌리고 있었지만 담뱃불을 붙이며 안절부절못하는 손놀림으로 보아 다 지켜본 게 틀림없었다. 홀 안쪽으로 뷔페 테이블 옆에는 젊은 여자가 우리 접시를 가져가려고 기다리고 있었다. 프랑스 사람들은 아이들에게 대단히 친절하고 관대하다. 분명 무슨 말이 있을 것이다. 누군가, 나 아닌 누군가가 개입해야만 했다.

나는 와인을 한 잔 더 마셨다. 한 가족이 차지한 공간은 침해할 수 없는 사적인 영역이다. 가족은 가시적인 동시에 관념적인 벽 안에서 구성원들이 지킬 고유의 규칙을 만든다. 젊은 여자가 앞으로 나오더니 내 테이블을 치웠다. 그러곤 다시 와서 가족의 샐러드 접시를 치우고 새 접시를 가져왔다. 바로 그때 소년에게 일어난 일이 무엇인지 나는 알 것 같다. 다음 코스를 위해 테이블이 세팅되고 토끼고기 스튜가 차려지는 동안 소년은 울기 시작했다. 종업원이 오고가는 동안, 수치를 당한 후에도 인생은 평소처럼 계속된다는 사실이 확인된 것이다. 완벽한 고립감에 소년은 절망을 억제하지 못했다.

처음에는 부들부들 떨며 감정을 억누르려고 애쓰던 소년은 이내 참지 못하고 폭발하더니, 어머니가 다시 손가락을 치켜세우는데도 곧 점점 더 큰 소리로 토할 듯 통곡했고, 통곡은 곧 울부짖음으로, 끅끅 숨을 삼키는 흐느낌으로 확장되었다. 아버지는 불을 붙이려던 새 담배를 내려놓았다. 그는 잠시 멈추고 숨을 삼키는 아이가 어쩌는지 지켜보았고, 울음이 커지자 그의 팔이 테이블을 요란하게 휩쓸고 지나가 손등으로 소년의 얼굴을 쳤다.

있을 수 없는 일이었다. 건장한 성인 남자가 이렇게 증오로 가득하고 통제를 벗어난 완력으로 어린애를 때리다니 내가 잘못 본 거라고 생각했다. 소년의 고개가 홱 젖혀지는 그 구타에 아이는 물론 그 의자까지 거의 내 테이블 쪽으로 밀려왔다. 머리를 다치지 않은 것은 바닥에 부딪히며 금이 간 의자 등받이 덕분이었다. 종업원이 뛰어오며 마담 오리악을 불렀다. 그럴 작정은 아니었는데도 나는 이미 일어나 있었다. 순간, 파리에서 온 여인과 눈길이 마주쳤다. 그녀는 꼼짝하지 않았다. 그저 근엄하게 고개를 끄덕였다. 젊은 여자 종업원이 아이를 일으키고는 바닥에 앉아 숨을 쌔근거리며 맑은 목소리로 걱정하는 말을 건넸다. 남자의 테이블로 건너가며 아름다운 소리라고 생각했던 기억이 난다.

그의 아내가 자리에서 일어나 종업원에게 짜증을 냈다. "마드무아젤, 아무것도 모르면서 그래, 일만 더 복잡하게 만들고 있어요. 저놈의 자식 이제 소리를 지르겠네. 저러면 다 되는 줄 알고 그런다고요. 기어이 원하는 대로 하고 만다니까."

마담 오리악은 올 기미가 보이지 않았다. 이번에도 나는 무슨 작정을 하거나 계산하지 않고 자진해서 그 사태에 휘말려들고 있었다. 남자는 담배에 불을 붙였다. 그의 두 손이 떨리는 걸 보니 마음이 조금 놓였다. 그는 나를 보지 않았다. 나는 또렷하고 떨리는 목소리로, 꽤 정확하게, 숙어는 거의 쓰지 않으며 말했다. 제니처럼 유창하지는 않았다. 프랑스어를 하다보니 감정이 격해져 내 말은 더 극적이고 자의식이 강하고 장엄하게 들렸다. 그렇게 서 있자니 잠시 내가 마치 프랑스의 중대한 역사적 전환기에 무명의 한 프랑스 시민이 되어 역사에 길이 남을 중대한 말을 즉석에서 지어내는 듯 고상한 기분이 들었다. 가령 테니스코트의 서약이랄까? 아니면 카페드푸아의 데물랭*이라도 된 것처럼. 하지만 사실 내가 했던 말은 고작 이 정도였다. "무슈, 아이를 이렇게 때리다니 역겹습니다. 당신은 짐승입니다, 무슈, 짐승이란 말입니다. 비슷한 상대와 싸우기는 겁이 납니까? 내가 얻어터지고 싶어서 근질근질하거든요."

* 프랑스혁명 당시 카페드푸아에서 연설을 통해 혁명에 동참할 것을 호소한 변호사.

이 터무니없는 실언에 남자는 긴장을 풀었다. 그는 나를 올려다보고 씩 웃으며 앉아 있던 의자를 테이블 뒤로 밀쳐냈다. 그의 눈에 보인 것은 아직 손에 냅킨을 쥔 중키의 창백한 영국 남자였다. 팔뚝에 머큐리의 지팡이 문신을 한 남자가 두려울 게 무어랴.

"타 겔(입 닥치셔). 그렇게 얻어터지고 싶다면야 기꺼이 도와주지." 그는 문을 향해 고개를 까딱여 보였다.

나는 텅 빈 테이블을 지나 그를 따라 나섰다. 나도 믿을 수가 없었다. 우리는 밖으로 나가고 있었다. 무모한 흥분에 발걸음이 가벼워진 나는 레스토랑 바닥 위로 둥둥 떠다니는 기분이었다. 내가 도전장을 던진 남자는 밖으로 나가며 스윙도어를 확 젖혔다가 문짝이 튕겨 내게 부딪히도록 내버려두었다. 그는 앞장서서 인적 없는 도로를 건넌 뒤 가로등 아래 주유 펌프 하나가 서 있는 곳으로 나를 인도했다. 그리고 등을 돌려 나를 보고 서서 싸울 태세를 취했지만 나는 이미 마음의 준비를 끝낸 터였고, 그가 팔을 올릴 때 내 주먹은 벌써 온몸의 힘을 싣고 그의 얼굴을 향해 날아가고 있었다. 나는 그의 코에 정통으로 주먹을 꽂았고 온 힘을 쏟은 나머지 그의 코뼈에서 으드득 소리가 날 때 내 손마디에서도 뭔가가 삐끗하는 느낌이 들었다. 한순간 정신이 아득한 눈치였지만 그렇다고 차마 주저앉지는 못하는 그의 모습에 나는 잠시 만족감이 들었다. 그는 팔을 옆으로 축 늘어뜨린 채

가만히 서서 내가 왼손으로 한 번, 두 번, 세 번, 자기 얼굴과 목과 배를 치는 걸 우두커니 보다가 털썩 쓰러졌다. 나는 발을 뒤로 들어올렸고, 만일 그 목소리를 듣지 못했다면, 고개를 돌려 길 건너 불이 켜진 문간에 선 가냘픈 형체를 보지 못했다면 아마 남자를 죽도록 걷어차고 짓밟았을 것이다.

목소리는 차분했다. "무슈, 주 부 프리. 사 수피.(선생님, 부탁합니다. 그만하세요.)"

그 말을 듣자마자, 나를 몰아갔던 의기는 복수나 정의와는 아무 상관이 없다는 걸 깨달았다. 나는 나 자신이 역겨워 뒤로 물러섰다.

나는 길을 건너 파리 여인을 따라 안으로 들어갔다. 경찰과 구급차를 기다리는 동안 마담 오리악이 붕대로 내 손을 감싼 뒤 바 안으로 들어가 코냑 한 잔을 따라주었다. 그러고는 냉동고 바닥에서 지난여름 팔고 남은 아이스크림을 찾아 아직도 바닥에 주저앉은 채 젊고 예쁜 종업원의 모성 어린 품에 안겨 기운을 차리고 있는 소년에게 주었다. 아이를 안은 종업원의 홍조 띤 모습이 지극히 행복에 겨워 보였다는 점만은 꼭 밝혀두어야겠다.

4부

생모리스드나바셸, 1946

1946년 봄, 유럽에 찾아온 해방과 유리한 환율을 틈타 나의 장인과 장모인 버나드와 준 트리메인 부부는 프랑스와 이탈리아를 도는 신혼여행길에 올랐다. 두 사람은 1944년, 직장이었던 블룸즈버리 상원의사당에서 만났다. 내 아내의 아버지는 케임브리지에서 과학을 전공한 분으로 첩보와 다소 관련있는 사무를 보았다. 특수한 물품을 조달하는 일이었다. 장모는 자유프랑스군*과 접촉하던, 또는 본인 말마따나 자유프랑스군의 구겨진 자존심을 어루만지던 어느 사무실에서 일하는 통역사였다. 드골과

* 2차세계대전 중 독일에 투항한 비시정부에 대항하여 드골이 조직한 임시정부 군대.

같은 방에 있었던 적도 종종 있었다. 준은 발판이 달린 재봉틀을 발전기로 개조하는 프로젝트의 번역 작업을 계기로 미래의 남편을 만났다. 두 사람은 전쟁이 끝나고도 거의 일 년이 되도록 직장을 그만둘 수 없었다. 그들은 4월에 결혼했다. 그리고 전후의 평화에, 결혼생활과 민간인의 삶에 정착하기 전에 여름 동안 여행을 할 작정이었다.

이런 것들이 내게 더 의미가 있던 시절 나는 다양한 계층이 가질 수 있었던 전시의 여러 직업에 대해, 선택의 범위가 넓은 줄 알았던 그들에 대해, 이 새로운 자유를 경험하고픈 젊은 열망에 대해 많이 생각했다. 모르긴 해도 그 자유는 내 부모의 인생에는 전혀 영향을 미치지 못했다. 두 분도 전쟁이 끝나고 곧 결혼했다. 어머니는 랜드걸이었는데, 한 이모 말이 본인은 랜드걸이라는 걸 아주 싫어했다. 1943년에는 콜체스터 부근의 군수공장으로 옮겨가 일을 했다. 아버지는 보병대에서 복무했다. 됭케르크 철수작전에서 무사히 살아남아 북아프리카에서 싸우다가 결국 노르망디 상륙작전 당시 총탄을 맞았다. 총알은 뼈에 손상을 입히지 않고 오른손을 관통했다. 우리 부모님 역시 전쟁이 끝난 뒤 여행을 할 수도 있었을 것이다. 듣자하니 아버지가 제대했을 때 두 분은 우리 할아버지에게 몇백 파운드를 물려받았다. 원칙적으로 두 분은 자유롭게 이동할 수 있었지만 부모님도 그렇고 두 분의 지인 중 누구에게 그런 생각이 떠오르기나 했을까 싶다. 나는 한때 할아버지에게 물려받은 돈을 누나와 내가 태어난 연립주택을 사고, 부모님의 갑작스러운 사망 후 우리를 먹여살린 철물점을 여는 데 썼다는 것이 내 편협한 배경의 또다른 원인이라고 생각했었다.

지금은 좀더 이해하게 된 것 같다. 직장에서 장인은 전기가 들어오지 않는 프랑스 산간벽지의 농장에서 무선송신기를 운용하기 위한 저소음 발전 같은 문제에 매달렸다. 저녁이면 핀칠리에 있는 자취방으로 돌아가 전시의 맛없는 식사를 들었고 주말에는 코범의 부모님을 찾아갔다. 전쟁 막바지에는 영화관과 칠턴스 부근의 일요일 하이킹으로 이어지는 연애를 했다. 한편 보병대 하사관의 인생은 어땠을까. 그것은 강제 해외파병, 극심한 스트레스와 무료함이 번갈아 찾아들고 가까운 전우들의 무참한 죽음과 끔찍한 부상이 이어지는 가운데 사생활도 이성도 없고 고국의 소식은 띄엄띄엄 찾아오는 삶이었다. 부상당해 아픈 손을 움켜쥐고 벨기에를 지나 동쪽으로 힘겹게 진군하는 동안에는 답답하고 반복적인 일상으로 점철된 인생을 예견했을 것이다. 물론 장인과 장모는 잘 알지 못했을 삶이었다.

이런 차이를 이해한다고 이분들이 더 매력적인 사람이 되는 것도 아니고, 나라면 누구의 전쟁을 선호했을지도 나는 언제나 알았다. 신혼여행을 떠났던 커플은 6월 중순 이탈리아의 해안 마을 레리치에 다다랐다. 전후 유럽, 특히 북프랑스와 이탈리아의 혼돈과 참화에 신혼부부는 충격을 받았다. 두 사람은 레리치 변두리에 있던 적십자의 구호품 포장 센터에서 육 주 동안 자원봉사를 하기로 했다. 장시간의 따분하고 고된 노동이었다. 사람들은 지쳤고 매일 생존의 문제에 몰두해 있었으며, 아무도 이들이 신혼여행중인 커플이라는 걸 신경쓰지 않는 것 같았다. 두 사람의 직속상관, 즉 '일 카포'는 이들에게 반감을 가졌다. 그는 자존심 때문에 언급조차 하지 않았지만 영국인들에게 앙심을 품고 있었다. 두 사람은 시뇨르, 시뇨라 마수코의 집에 묵었다. 이 부부에게는 두 아들뿐이었는데 이탈리아가 항복하기 직전 같은 주에 서로 80킬로미터 떨어진 곳에서 둘 다 목숨을 잃었다. 트리메인 부부는 아래층의 노부모가 상실의 슬픔으로 우는 소리에 밤잠을 깨기도 했다.

식량 배급은 적어도 서류상으로는 문제없었지만 실제로는 지역 사무소의 비리 탓에 최소 수준으로 유지되었다. 버나드는 피부 질환이 생겨 손에서 목으로 옮겨가더니 얼굴까지 번졌다. 준은 일부러 놋쇠 커튼링을 손가락에 끼고 있었는데도 매일 남자들의 수작에 시달려야 했다. 그들은 언제나 너무 붙어서거나, 어둠침침한 보급품 작업장을 지나가면서 몸을 밀착하거나, 그녀의 둔부나 맨살이 드러난 팔등을 꼬집었다. 다른 여자들 말로는 준의 금발이 문제였다.

언제라도 떠날 수 있었지만 트리메인 부부는 자리를 지켰다. 편안히 전시를 보낸 데 대한 작은 속죄였다. 그들의 이상주의, 즉 '평화를 쟁취'하고 '새 유럽 건설'을 돕는 일의 표현이기도 했다. 하지만 레리치를 떠날 때는 꽤 슬펐다. 아무도 그들이 떠나는 것을 알아채지 못했다. 두 아들을 잃은 이탈리아 부부는 꼭대기층에서 죽어가는 노모를 돌보고 있었고 집에는 친척이 가득했다. 적십자 센터는 횡령 사건에 휘말려 있었다. 버나드와 준은 8월 초 어느 날 새벽에 조용히 집을 빠져나와 대로에서 제노바행 버스를 기다렸다. 두 사람은 어슴푸레한 새벽빛 속에 우울한 얼굴로 말없이 서 있었다. 첫아이를, 딸을, 훗날 유럽의회의 의석을 얻기 위해 선전할 내 아내를 임신했다는 걸 알고 있었으므로, 새 유럽 건설에 자신들이 공헌했다며 기뻐해야 했지만.

두 사람은 버스와 기차로 프로방스를 지나고 돌발적인 홍수와 극심한 뇌우를 뚫고 서쪽으로 나아갔다. 아를에서 만난 한 프랑스 정부의 관리가 그들을 랑그도크의 로데브까지 차로 태워주었다. 그리고 일주일 뒤 자기가 묵는 호텔로 오면 보르도로 데려가주겠다고 말했다. 하늘은 맑아졌고 영국으로 돌아가려면 아직 이 주가 남아서 두 사람은 짧은 도보 여행에 나섰다.

이곳은 석회암 고원인 코스가 해안평야 위 300미터 높이로 솟은 곳이다. 군데군데 깎아지른 듯한 수십 미터 높이의 절벽이 있었다. 로데브는 여러 산길 가운데 한곳의 기슭에 있다. 오늘날 번잡한 RN 9번 국도가 된 그곳은 당시 좁은 지방도로였다. 여전히 아름다운 오르막길이지만 교통량이 너무 많아 걷기에 썩 쾌적하지는 않다. 당시에는 당일 여행으로 깎아지른 암석 지형 틈을 꾸준히 올라가다보면 남쪽으로 50킬로미터가량 떨어진 곳에서 지중해가 빛나는 광경을 볼 수 있었다. 트리메인 부부는 그날 밤을 르켈라르라는 작은 마을에서 보냈다. 그곳에서 챙 넓은 양치기 모자를 사기도 했다. 다음날 아침 그들은 도로를 벗어나, 각자 물을 2리터씩 들고 코스뒤라르자크를 가로질러 북동쪽으로 향했다.

이 지역은 프랑스에서 가장 황량한 곳이다. 지금 이곳의 인구는 백 년 전보다 오히려 더 적다. 최고의 지도에도 표시되지 않는 먼지투성이 길, 히스며 가시금작화, 회양목이 무성한 황야 위로 부는 바람. 갑작스럽게 나타난 움푹한 녹지에는 버려진 농장과 작은 산촌이 자리잡았다. 돌만 쌓아 지은 오래된 벽과 그 사이로 난 오솔길이 일대를 작은 초원으로 나누고, 웃자란 블랙베리 덤불과 들장미, 참나무가 오솔길 양옆을 덮어 영국인 듯 친숙하다. 하지만 이런 풍광도 곧 다시 적막한 공간으로 이어진다.

트리메인 부부는 하루가 저물 무렵 선사시대의 매장지인 프뤼나레드 고인돌을 맞닥뜨렸다. 몇 미터를 더 가자 비스강이 암석을 뚫어 만들어놓은 깊은 협곡 위였다. 이들은 거기서 멈춰 가져온 음식을 처치하기로 했다. 영국에서는 볼 수 없는 종류의 거대한 토마토 몇 개와 이틀이나 되어 비스킷처럼 말라버린 빵, 준이 버나드의 주머니칼로 자른 소시송이었다. 몇 시간이나 말이 없었던 두 사람은 이제 고인돌의 평평한 돌판에 앉아 코스드블랑다 골짜기 건너 북쪽과 그 너머 세벤산맥을 바라보았다. 흥미진진한 토론이 시작되었고, 아름답고 이국적인 시골을 통과하는 다음날의 여정도 그들 앞에 놓인 인생의 향방과 맞닿은 경로처럼 여겨졌다. 버나드와 준은 공산당원으로서 앞날에 대해 이야기했다. 국내의 복잡한 문제들, 마을과 마을 사이의 거리, 여러 보행로, 파시즘의 궤멸, 계급투쟁, 역사의 위대한 엔진. 그 엔진은 익히 알려진 대로 이제 과학을 향하고 있고, 과거에는 양도할 수 없는 통치권을 당에 부여했다. 그 모든 주제가 몇 시간에 걸쳐 하나로 어우러지면서 인상적인 장관을 이루었다. 둘의 사랑이 시작되던 지점에서 출발해 드넓은 고원과 산맥의 조망을 가로질러 펼쳐지는 풍광이 손짓해 부르는 사이, 사위는 붉어졌다가 어두워졌다. 그리고 어스름이 내리면서 준의 불안도 함께 찾아들었다. 그때 이미 신념은 사라지고 있었던 걸까? 영원의 침묵이 그녀를 유혹하고 발목을 잡았지만, 그 침묵에 응답하려고 준이 낙관적인 수다를 멈출 때마다 중저음으로 울려퍼지는 버나드의 진부한 말이, '전선'이니 '공격'이니 마르크스-레닌주의의 '적'이니 하는 군사화된 헛된 말이 공백을 채웠다.

준의 불경스러운 불확실성은 두 사람이 저녁 내내 가까운 생모리스 인근 마을까지 계속 걷다가 아마도 부드러운 땅을 찾아 사랑을 나누는 것으로 미래에 대한 대화를 마무리하거나, 또는 연장했을 때만 잠시 사라졌다.

그러나 그들은 다음날도, 그 다음날도, 그뒤 모든 날 동안 그들의 미래라는 은유적인 풍경에 다시는 발을 들여놓지 않았다. 다음날 그들은 돌아갔다. 비스강 협곡을 내려가 암석 속으로 사라지는 신비로운 수로 옆을 걷지도, 중세에 지은 다리로 강을 건너지도, 코스드블랑다를 가로질러 황야에 흩어진 선사시대의 선돌이나 환상열석, 고인돌 사이를 거닐지도 않았으며 플로라크 쪽으로 길게 뻗은 세벤산맥의 능선을 걷지도 않았다. 다음날 그들은 각자의 여행을 시작했다.

아침 나절 그들은 생모리스에서 묵었던 티윌호텔을 떠나 길을 나섰다. 협곡 가장자리와 마을을 구분하는 초원지대, 가시금작화가 핀 들판을 건너며 두 사람은 다시 말이 없어졌다. 아침 아홉시 남짓한 시각이었는데도 이미 날이 너무 더웠다. 그들은 십오 분가량 등산로를 찾지 못해 들판을 가로질러야 했다. 귀가 따갑도록 울리던 매미소리, 발밑에 밟히는 향긋한 마른풀, 티 없는 연파랑의 하늘에서 작열하는 태양, 전날만 해도 이국적인 남프랑스의 풍경이었던 모든 것이 준을 심란하게 했다. 짐을 두고 온 로데브에서 점점 멀어지는 것이 마음에 걸렸다. 따가운 아침 햇살 아래 메마른 지평선과 눈앞에 펼쳐진 건조한 산들, 르비강 마을까지 그날 걸어야 할 몇 킬로미터를 생각하니 마음이 무거웠다. 앞으로 며칠을 걷는다는 것이 자신의 불확실성에서 무의미하게 우회하는 일처럼 보였다.

그녀는 본인의 견해만큼이나 확신에 찬 걸음걸이의 버나드보다 서른 발짝쯤 뒤처져 걸었다. 그리고 죄책감 섞인 부르주아적 생각에서 위안을 찾았다. 두 사람이 영국에 사게 될 집이며 깔끔한 식탁, 어머니가 준 청색과 흰색의 단순한 도자기, 아기. 앞쪽으로 협곡 북쪽 끝에 있는 깎아지른 절벽이 보였다. 지대는 이미 조금씩 낮아지고 있었고 주변에 자라는 식물도 달라졌다. 그녀는 거칠 것 없는 기쁨 대신 원인을 알 수 없는 공포를 느꼈지만 소리내어 불평하기에는 너무 희미한 감정이었다. 그것은 광장공포증이었고, 어쩌면 급속도로 세포분열을 거듭하며 존재하기 시작한 뱃속 작은 생명 때문에 생겨난 것인지도 몰랐다.

이름조차 붙일 수 없는 가벼운 불안증을 근거로 발걸음을 돌릴 수는 없었다. 전날 두 사람은 이제야 몇 달 동안 해외여행을 하는 보람이 느껴진다고 입을 모았다. 적십자 구호품 포장 오두막에서 보낸 몇 주도 지나갔고, 이제 영국에서 겨울을 보내야 하는데 어째서 그녀는 따스한 햇살 속에서 자유를 만끽하지 않았을까? 준에게 무슨 문제가 있는 것일까?

산길이 가파른 내리막이 되면서 이들은 펼쳐진 광경을 감상하기 위해 멈추었다. 800미터쯤 펼쳐진 밝고 텅 빈 공간 너머로 맞은편 저멀리 90미터 높이의 수직 암벽이 쨍쨍 내리쬐는 햇볕을 받고 있었다. 단단한 졸참나무 잡목이 여기저기 갈라진 돌 틈과 산턱에서 약간의 흙과 뿌리내릴 공간을 찾아 자라나 있었다. 가장 혹독한 곳에서 생명 유지에 집착하게 만든 그 광기 어린 힘을 목도하고 준은 질려버렸다. 심한 욕지기가 치밀었다. 300미터 아래로는 나무들 사이에 강이 숨어 있었다. 텅 빈 공기에, 햇살만 가득한 공기에 눈에는 보이지 않는 어둠이 숨겨져 있는 것만 같았다.

그녀는 경탄의 말을 읊조리며 등산로에 서 있었다. 부근의 땅은 이들처럼 절경을 구경하러 온 다른 등산객들의 발길로 평평해져 있었다. 그저 경건한 마음이었을까. 적절한 반응은 공포였다. 18세기 여행자들의 레이크 디스트릭트*와 스위스 알프스 여행기를 읽었던 기억이 어렴풋이 났다. 산봉우리는 무시무시했고, 아래로 곤두박질치는 협곡은 끔찍했고, 길들여지지 않은 자연은 혼돈이자 타락 후 낙원을 잃은 인류에 대한 징벌, 공포를 불러일으키는 존재였다.

그녀는 버나드의 어깨에 가볍게 손을 올리고 배낭은 다리 사이에 내려놓은 채 스스로를 설득하기 위한 말을 했고 그 말에 설득되기 위해 귀를 기울였다. 눈앞의 광경에 마음이 들뜬다고, 자연 그대로의 이 모습은 어찌 보면 인간의 선을 반영하고 구현한 것이라고. 그러나 이곳은 건조함만으로도 그들의 적이었다. 여기에 자라는 모든 것은 거칠고 왜소하며 가시가 돋치고 손길을 거부했으며 생존이라는 쓰디쓴 대의를 위해 물기를 숨기고 있었다. 그녀는 버나드의 어깨에서 손을 내리고 물병을 집으려 몸을 숙였다. 준은 자신의 공포가 너무나 터무니없는 것 같아 입 밖에 꺼낼 수 없었다. 불편한 마음으로 더듬어 찾은 그녀라는 사람의 모든 정의는 하나같이 이 경치를 즐기고 계속 걸어나가도록 등을 떠밀었다. 남편을 사랑하는 젊은 예비 엄마, 사회주의자이자 낙관론자, 인정이 많으나 합리적이며 미신을 믿지 않고, 자신의 전공 국가에서 도보 여행을 하고 있는 그녀는 오랜 전쟁과 이

* 잉글랜드 북서부의 휴양지.

탈리아에서의 지루한 몇 달을 보상받으며 영국과 책임과 겨울을 맞이하기 전에 아무 걱정 없이 휴가의 마지막 며칠을 즐기는 중이었다.

그녀는 공포를 제쳐두고 다시 열의에 차서 말을 시작했다. 그때도 그녀는 나바셀과 강이 만나는 지점은 상류로 몇 킬로미터를 가야 하고 두세 시간은 걸리는 하산길이라는 걸 지도를 보고 알고 있었다. 두 사람은 한낮의 더위 속에서 협곡을 빠져나가기 위해 더 짧고 더 가파른 산길을 타야 할 터였다. 오후 내내 코스드블랑다를 건널 텐데, 건너편에 보이는 그곳은 뜨거운 열기로 일그러진 모습이었다. 온 힘을 짜내야 했고, 말을 하는 것으로 힘을 그러모았다. 준은 저도 모르게 프로방스의 베르동만에 비하면 비스강 협곡은 괜찮다고 말하고 있었다. 두 배로 명랑하게 말했지만 실은 세상 모든 협곡이며 골짜기, 계곡이란 계곡은 죄다 싫고 집으로 돌아가고만 싶었다.

두 사람이 배낭을 들고 다시 길을 떠날 준비를 하면서 버나드가 입을 열었다. 수염이 까슬하게 자란 사람 좋은 큰 얼굴과 튀어나온 귀가 볕에 탄 모습이었다. 건조해진 피부는 먼지가 낀 듯이 보였다. 어찌 그를 실망시킬 수 있을까? 그는 크레타의 한 골짜기에 대해 말했다. 봄이면 야생화 들판에서 근사한 하이킹을 할 수 있다더라고, 다음해에 한번 가보자고 했다. 그녀는 몇 발짝 앞서 걸으며 과장되게 고개를 끄덕였다.

그녀는 잠깐 지나가는 기분일 거라고, 발동을 걸기가 어려울 뿐이라고, 걷는 리듬에 익숙해지면 나아질 거라고 생각했다. 르비강의 호텔에 도착할 저녁때쯤이면 불안감은 잠시 지나간 일에 불과할 터였다. 와인을 한 잔 마시다보면 그날 하루 겪은 감정 가운데 한 가지가 될 것이다. 등산로는 경사진 넓은 등성이 전체에 걸쳐 부드러운 지그재그를 그리며 이어졌다. 발에 닿는 길의 표면은 부드러웠다. 그녀는 태양에 맞서 챙 넓은 모자를 명랑하게 고쳐 쓰고는 팔을 흔들며 성큼성큼 걸어내려갔다. 버나드가 뒤에서 부르는 소리가 들렸지만 그냥 무시하기로 했다. 어쩌면 그녀는 앞장서서 힘차게 걸으면 그의 마음이 돌아설 수도 있다고, 그래서 그가 먼저 돌아가자고 말할 거라고 생각했는지 모른다.

그녀는 걷던 중 급커브를 만나 방향을 꺾었다. 90미터 앞쪽 다음 모퉁이 근처에 당나귀 두 마리가 있었다. 이곳 등산로는 더 넓고 가장자리에 사람이 심은 듯 회양목이 매우 일정한 간격으로 늘어서 있었다. 아래쪽에서 흥미로운 무언가가 얼핏 보여서 준은 길가로 몸을 쑥 빼고 건너다보았다. 협곡 옆면에 돌로 지은 오래된 관개수로였다. 그 옆으로 나란히 길이 보였다. 반시간 뒤면 얼굴과 손목을 시원하게 적실 수 있을 터였다. 길가에서 몸을 돌려 다시 앞을 내다본 준은 저편에 있는 것이 당나귀가 아니라

개라는 걸, 기괴하게 큰 검은 개들이라는 걸 깨달았다.

당장 멈춰 서지는 못했다. 뱃속에서부터 차가운 기운이 다리까지 퍼져 모든 반응이 마비된 듯했다. 대신 그녀는 비틀비틀 속도를 늦추며 대여섯 발짝을 옮기다가 불안정한 상태로 길 한가운데에 가만히 섰다. 개들은 아직 그녀를 보지 못했다. 그녀는 개에 대해서는 잘 몰랐지만 크게 무서워하지는 않았다. 코스 지역의 외딴 농장 근처에서 사나운 놈들을 봤을 때도 크게 불안하지는 않았다. 하지만 지금 65미터쯤 앞에서 길을 막고 선 저 동물들은 실루엣만 개였다. 크기는 신화에 나오는 야수와 같았다. 개들의 갑작스러운 출현과 비정상적인 그 크기는 마치 무언극의 메시지처럼 혼자 풀어야 하는 알레고리 같았다. 중세의 것을 보는 듯 혼란스러웠다. 격식을 갖춘 동시에 무시무시한 활인화 같았다. 그 정도 거리에서 보니 개들은 조용히 풀을 뜯고 있는 것 같았다. 그리고 어떤 뜻을 발산하고 있었다. 그녀는 힘이 빠지고 공포감에 속이 울렁거렸다. 버나드의 발소리가 들리길 기다렸다. 그보다 그리 많이 앞서 있지는 않았으니까.

농장 일에 작고 마른 동물을 동원하는 이런 곳에서는 당나귀만한 개는 필요하지 않았다. 거대한 마스티프쯤 되어 보이는 이 개들은 오솔길 한쪽 풀밭을 킁킁대며 어슬렁거리고 있었다. 목걸이도, 주인도 없었다. 개들은 천천히 움직였다. 어떤 목적을 위해 함께 일하고 있는 것 같았다. 이들의 검은빛은, 두 마리 모두 검고 한통속이며 주인이 없다는 사실은 유령을 떠올리게 했다. 준은 원래 그런 것을 믿지 않았다. 지금 그런 생각에 끌린 것은 개들이 어쩐지 익숙하기 때문이었다. 개들은 그녀가 느꼈던 위협의 상징이었다. 그날 아침 경험했던 무어라 이름할 수 없는, 불합리하고 언급할 수도 없는 불안이 형상화된 것이었다. 그녀는 유령을 믿지 않았다. 하지만 광기는 믿었다. 개들의 존재보다 더 두려운 것은 그들의 부재 가능성, 저 개들이 전혀 존재하지 않는지도 모른다는 가능성이었다. 두 마리 중 하나가, 제 짝보다 조금 작은 개가 고개를 들더니 그녀를 보았다.

개들이 서로 독립적으로 행동한다는 사실이 현실세계에 이들이 실존한다는 걸 확인시켜주는 듯했다. 그것도 위안은 되지 않았다. 큰 개가 풀밭에 코를 처박고 있는 동안, 다른 개는 한 발을 치켜들고 꽤 침착하게 서서 그녀를 보았다. 따스한 공기에서 그녀의 냄새를 맡고 있는지도 몰랐다. 준은 시골 변두리에서 자랐지만 사실상 도시 여자였다. 이럴 때 뛰면 안 된다는 것 정도는 알았지만 사무실, 도서관, 극장이 익숙한 사람이었다. 스물여섯 해를 살면서 경험한 위험은 평균적인 정도가 다였다. 한번은 폭격을 당한 곳에서 300미터쯤 떨어진 곳에 피신해 있던 적이 있었고, 등화관제 초기에는 타고 있던 버스가 오토바이와 충돌했다. 아홉 살 때는 한겨울에 옷을 다 입은 채로 잡초가 무성한 연못에 빠졌다. 이런 아슬아슬한 사건의 기억들이, 또는 이 세 가지 사건 모두가 하나의 금속성 본질로 걸러져 준에게 다가왔다. 개는 몇 미터 다가와 멈추더니 꼬리를 낮게 내리고 앞발을 굳건하게 디디고 섰다. 준은 한 걸음 뒤로 물러난 다음 두 걸음을 더 물러났다. 왼쪽 무릎마디가 덜덜 떨렸다. 오른쪽 다리는 좀 나았다. 그녀는 개의 시야를 상상했다. 무색의 희미한 형체 하나, 흔들리는 흐릿한 수직의 무엇, 틀림없는 인간이다. 먹을 수 있는.

그녀는 주인 없는 이 개들이 몹시 굶주렸다고 확신했다. 이 한데에서, 생모리스에서 3킬로미터나 떨어진 이곳에서는 사냥개라도 굶주림을 면하기 힘들 터였다. 이 개들은 생존이 아닌 공격을 위해 교배된 경비견이었다. 아니면 한때 애완견이었다가 너무 자라서, 혹은 먹이는 데 돈이 너무 많이 들어서 더는 귀여움을 받지 못하는 개들일 것이다. 준은 다시 뒷걸음쳤다. 무서웠고, 그것은 합당한 두려움이었다. 개가 아니라 이 외딴곳의 이 특정한 개들의 비정상적인 크기가 두려웠다. 개들의 색깔도 무서웠을까? 아니, 그렇지는 않았다. 더 큰 두번째 개가 그녀를 보고는 앞으로 나와 제 짝 곁에 섰다. 개들은 십여 초 동안 가만있더니 준을 향해 다가오기 시작했다. 개들이 갑자기 뛰어왔다면 어쩔 줄 몰랐을 것이다. 하지만 준은 줄곧 개들을 지켜봐야 했다. 개들이 다가오는 걸 바라봐야 했다. 그녀는 위험을 무릅쓰고 휙 뒤돌아보았다. 잠깐 눈에 들어온 햇살 따사로운 길에서 버나드의 흔적은 전혀 찾을 수 없었다.

그는 300미터도 더 떨어진 곳에 있었다. 신발끈을 다시 묶으려고 걸음을 멈췄다가 발끝에서 조금 떨어진 곳에서 갈색 털이 숭숭한 나비 애벌레가 스무 마리 남짓 앞서가는 놈의 꽁무니에 주둥이를 끼우고 나란히 움직이는 모습에 매료되었다. 와서 보라고 준을 불렀지만 그때 그녀는 이미 첫번째 모퉁이를 돌아간 뒤였다. 버나드는 과학적 호기심이 일었다. 오솔길을 따라가는 행렬에는 목적이 있는 것 같았다. 애벌레들이 어디로 가는 것인지, 도착한 뒤에는 무슨 일이 일어날지 정확히 알고 싶었다. 그는 상자처럼 생긴 구식 카메라를 들고 무릎을 꿇었다. 뷰파인더로는 보이는 게 별로 없었다. 그는 배낭에서 노트를 꺼내 스케치를 시작했다.

개들은 불과 50미터도 안 되는 거리에서 빠른 걸음으로 다가왔다. 곁에 도달하면 놈들의 키는 준의 허리께 정도 되거나 그보다 더 클 것이다. 놈들은 꼬리를 내리고 입을 벌리고 있었다. 분홍빛 혀가 보였다. 이 부근에서 또다른 분홍빛이라곤 그녀의 펑퍼짐한 반바지 밑으로 드러난 볕에 탄 연약한 다리뿐이었다. 그녀는 마음을 다잡기 위해 옛날에 어느 이모가 키우던 레이크랜드 테리어를 떠올려보았다. 그 개는 목사관 복도의 광택을 낸 마룻바닥 위로 발톱을 딸각거리고 다니며 모든 방문객에게 인사를 했다. 친근하지도 적대적이지도 않았지만 개 특유의 호기심이 가득한 개였다. 개들이 인간에게 품는 거역할 수 없는 존중감이 있었다. 그것은 여러 세대에 걸쳐 인간의 지력과 개의 우매함이라는 의심할 나위 없는 사실을 바탕으로, 널리 알려진 개의 충직함과 의존성, 주인을 섬기고자 하는 비참한 욕망을 바탕으로 길러진 속성이었다. 그러나 지금 이곳에서 규칙은 한낱 인습이자 얄팍한 사회적 계약일 뿐이었다. 지금 이곳에는 인간의 우위를 확인해줄 아무 제도도 없었다. 산길 하나가 있을 뿐, 그 길은 그곳을 밟을 수 있는 모든 생명체의 것이었다.

개들은 불온한 전진을 계속했다. 준은 뒷걸음쳤다. 감히 뛸 엄두는 나지 않았다. 그녀는 버나드를 한 번, 두 번, 세 번 불렀다. 햇살 머금은 공기 속에 그녀의 목소리가 힘없이 들렸다. 그 소리 때문에 개들은 더 빠른 속도로, 거의 총총걸음으로 다가왔다. 두려움을 드러내서는 안 되었다. 그러나 개들은 준에게서 공포의 냄새를 맡을 수 있었다. 그렇다면 그녀가 공포를 느껴서는 안 되었다. 길바닥을 헤집으며 돌멩이를 찾는 두 손이 떨렸다. 그녀는 돌멩이 세 개를 찾아냈다. 오른손에 하나를 들고 다른 두 개는 왼손과 옆구리 사이에 쐐기처럼 끼웠다. 그리고 왼쪽 어깨를 개들에게 향한 채 옆걸음질로 물러났다. 그러다 길이 푹 꺼진 곳에서 휘청거리다가 넘어졌다. 얼른 똑바로 서야 한다는 조바심에 거의 몸을 튕기다시피 일어섰다.

돌멩이는 아직 쥐고 있었다. 팔뚝에 생채기가 났다. 상처의 피 냄새가 놈들을 흥분시킬까? 그녀는 피를 빨아버리고 싶었지만 그러려면 돌멩이를 떨어뜨려야 했다. 길이 굽어지는 곳까지는 아직 100미터도 더 남았다. 개들은 20미터쯤 떨어져 있었고 점점 더 가까워졌다. 마침내 걸음을 멈추고 개들을 돌아보았을 때 그녀는 몸에서 이탈해 있었다. 자신의 몸을 떠난 그녀는 무심하게, 아니 더 나쁘게는 체념하는 마음으로 젊은 여자가 산 채 잡아먹히는 꼴을 지켜볼 작정이었다. 내쉬는 숨결마다 훌쩍이는 자신을, 근육 경련 때문에 왼다리가 너무 떨려 더는 힘을 싣지도 못하는 자신을 보자 진저리가 났다.

준은 길 쪽으로 쑥 나온 작은 떡갈나무에 등을 기댔다. 등과 나무 사이로 배낭이 느껴졌다. 그녀는 돌멩이를 떨어뜨리지 않고 배낭을 어깨에서 내려 몸 앞으로 들었다. 5미터쯤 떨어진 곳에서 개들이 멈춰 섰다. 그녀는 자신의 공포가 그냥 허상이기를 바라는 마지막 소망에 매달려 있었다. 큰 개의 나지막한 으르렁거림에 소망이 녹아버리는 순간에야 그 사실을 깨달았다. 작은 개는 땅바닥에 납작 엎드려 앞발에 힘을 주고 뛰어오를 태세였다. 놈의 짝은 거리를 유지한 채 천천히 왼쪽으로 원을 그리며 움직였고, 얼마 후 준은 두 개 사이로 눈을 빠르게 움직여야 두 놈 모두 시야에 담을 수 있었다. 그녀는 그런 식으로 두 마리의 몇 가지 모습을 드문드문 포착했다. 낯선 검은색 잇몸, 소금 띠를 두른 듯 축 늘어진 입술, 한줄기 침, 말린 혀끝까지 부드럽게 이어지는 선, 노란 듯 붉은 한쪽 눈, 눈곱에 뭉쳐 뾰족해진 털, 앞다리의 찢어진 상처, 그리고 V자로 벌어진 입속의, 자꾸만 눈이 가는 턱관절 안쪽의 거품. 개들이 다가오면서 파리떼도 함께 왔다. 일부는 이제 무리에서 이탈해 그녀에게 왔다.

한편 버나드는 스케치를 하며 즐겁지 않았고 그림은 그가 본 것과 비슷하지도 않았다. 그가 알고 있거나 알고 싶은 것을 담고 있었다. 그것은 도표 혹은 지도였고, 지금 빈칸으로 남겨놓은 곳에는 나중에 이름을 채워넣을 터였다. 무슨 애벌레인지 식별할 수 있다면 그것이 무엇을 하려 했는지 지금 스스로 알아낼 수 없다 해도 나중에 참고서적에서 찾아볼 수 있을 터였다. 그는 애벌레를 커다란 타원형으로 표현했다. 가까이서 살펴보니 사실 갈색이 아니라 옅은 주황색과 검은색 줄무늬가 있는 애벌레였다. 그는 비례에 신경쓰며 도표에 줄무늬를 한 쌍만 그려넣고 연필로 화살표를 그려 색깔을 표시했다. 그리고 애벌레 군단의 구성원을 세어보았다. 각 애벌레가 다음 애벌레의 털로 이어져 수를

세기가 쉽지 않았다. 그는 스물여덟 마리라고 기록했다. 정면에서 본 대장의 얼굴을 그리고 턱과 겹눈의 상대적인 크기와 배열을 기록했다. 뺨이 땅바닥에 닿도록 무릎을 꿇고 대장 애벌레의 머리를, 불가해한 요소들을 경첩으로 이어놓은 듯한 얼굴을 가까이서 보았을 때 이런 생각이 들었다. 우리는 외계에서 왔다고 상상해도 무리 없을 만큼 희한하고 진기한 동물들과 이 행성을 공유하고 있구나. 하지만 이들에게 이름을 붙이고 더는 돌아보지 않지. 아니면 하도 작아서 유심히 보지 않거나. 그는 그런 생각을 잊지 말고 준에게 이야기하자고 다짐했다. 준은 지금이라도 좀 토라져서 그를 찾으러 길을 되짚어오고 있는지 몰랐다.

그녀는 처음엔 영어로, 그다음엔 프랑스어로 개들에게 말했다. 역겨움을 억누르기 위해 강하게 외쳤다. 앞다리를 벌리고 여전히 으르렁거리고 있는 큰 놈에게 개 주인처럼 자신감 넘치는 어조로 명령했다.

"사 수피!"

개는 듣지 않았다. 눈도 깜빡이지 않았다. 준의 오른쪽에서는 놈의 짝이 앞으로 배를 깔고 엎드렸다. 개들이 짖었다면 오히려 좀더 나았을 터였다. 으르렁거림을 멈추고 침묵을 지키는 것은 계산을 뜻했다. 놈들은 계획이 있었다. 큰 개의 주둥이에서 침이 땅바닥에 툭 떨어졌다. 파리 몇 마리가 당장 달라붙었다.

준은 속삭였다. “제발, 가. 제발. 오, 하느님!” 그 뜻 없는 말에 그녀는 최후이자 최고의 기회가 될 고전적인 생각이 떠올랐다. 그녀는 자기 안에서 하느님의 존재를 위한 공간을 찾으려 했고, 머릿속 가장 깊숙한 곳에서 이제껏 전혀 몰랐던 커다란 공허의 윤곽이 희미하게 보이는 듯했다. 그것이 일어나 위로, 밖으로 흐르더니 몇 미터 위쪽에서 타원형의 반영으로, 물결처럼 퍼지는 에너지로 변하는 것 같았다. 아니, 준이 훗날 설명했듯 ‘색색의 투명한 빛’의 기운이 그녀를 둘러싸 품은 듯했다. 그것이 하느님이라면 또한 논의의 여지 없이 그녀 자신이기도 했다. 그것이 그녀를 도울 수 있을까? 이기적이고 갑작스러운 개종에 이 존재가 움직인 것일까? 그것은 너무도 분명하고 선명하게 그녀 자신의 연장이라 그것을 상대로 호소한다거나 울며 기도하는 일은 무의미해 보였다. 이 극한의 상황에서도 그녀는 특별한 무언가를 발견했다는 걸 알았고 기필코 살아남아 그것이 무엇인지 알아내고 말리라 결심했다.

여전히 돌멩이를 손에 쥔 채 그녀는 오른손을 배낭에 집어넣었다. 전날 그들이 먹었던 소시송을 꺼내 땅바닥에 던졌다. 작은 개가 먼저 다가왔지만 곧바로 제 짝에게 양보했다. 삼십 초도 되지 않아 포장지까지 사라졌다. 개가 침을 흘리며 그녀를 돌아보았다. 세모진 종잇조각이 이빨 틈에 끼어 있었다. 소시송이 있던 땅바닥을 암캐가 코로 헤집었다. 준은 다시 배낭 안에 손을 집어 넣었다. 갠 옷가지 사이로 딱딱한 무언가가 만져졌다. 그녀는 플라스틱 손잡이가 달린 주머니칼을 꺼냈다. 큰 개가 그녀를 향해 두 걸음 다가왔다. 거리는 3미터쯤 떨어져 있었다. 그녀는 돌멩이를 왼손에 옮겨 쥔 채 손잡이를 입에 물고 칼을 펼쳤다. 칼과 돌멩이를 한 손에 들 수는 없었다. 선택이 필요했다. 8센티미터 길이의 날이 달린 칼은 최후의 수단이었다. 개들이 덮쳤을 때만 쓸 수 있었다. 그녀는 손잡이가 자신을 향하도록 칼을 배낭 위에 놓고 균형을 잡았다. 다시 오른손에 돌멩이를 쥐고 나무둥치를 등으로 밀었다. 공포에 질려 꽉 쥔 탓에 돌멩이는 한층 더 따뜻해졌다. 그녀는 손을 뒤쪽으로 들어올렸다. 공격을 앞둔 지금 왼다리가 더 후들거렸다.

돌멩이는 땅바닥을 세게 때리며 자갈을 튕겼다. 한 발짝 차이로 큰 개를 맞히지는 못했다. 개는 자갈이 얼굴로 튀어오르자 잠시 움찔했지만 제자리를 지켰고, 이번에도 먹을 것을 기대하고 돌이 떨어진 땅에 코를 박았다. 그녀를 다시 보았을 때 놈은 고개를 외로 꼬고, 숨과 가래가 가르랑대는 불쾌한 소리를 내며 으르렁거렸다. 걱정하던 대로였다. 판돈을 높인 꼴이었다. 손에는 다른 돌멩이가 있었다. 암캐는 귀를 납작하게 눕히고 앞으로 냉큼 나섰다. 준의 돌팔매는 거칠고 절망적이었다. 손을 떠난 돌멩이는 너무 일찍 방향을 틀었다. 돌멩이는 한쪽으로 힘없이 떨어지고, 무게중심을 잃은 팔이 허공에서 흔들렸다.

큰 개는 곧 뛰어오를 태세로 엎드리며 빈틈을 기다렸다. 놈의 엉덩이 근육이 실룩거렸다. 놈은 더 안정적인 자세를 위해 뒷발로 땅바닥을 팠다. 준에게 남은 것은 단 몇 초였고 손에는 세번째 돌멩이를 쥐고 있었다. 돌은 개의 등을 넘어 날아가 길에 떨어졌다. 그 소리에 개는 반쯤 돌아섰고, 그 순간, 새로 얻은 바로 그 일 초에 준은 움직였다. 잃을 것은 없었다. 될 대로 되라는 무아지경의 상태에서 그녀는 공격을 감행했다. 공포의 감정은 분노로 바뀌었다. 그녀의 행복이, 지난 몇 달 동안의 희망이, 그리고 이 특별한 빛의 계시가 버려진 개 두 마리 때문에 무너지려 하고 있었다. 그녀는 오른손에 칼을 쥐고 배낭을 방패처럼 들고서 개들을 향해 소름끼치는 소리를 지르며 돌진했다. 아아아아아!

암캐는 펄쩍 뛰며 뒤로 물러났다. 그러나 큰 개는 그녀를 덮쳤다. 놈은 껑충 뛰어올랐다. 개가 배낭을 물어뜯을 때 그녀는 충격에 맞서기 위해 몸을 앞으로 숙였다. 놈은 뒷다리로 서 있고 그녀는 한 팔로 밀어내고 있었다. 그녀는 무게를 지탱하느라 분투했다. 개의 얼굴이 그녀의 얼굴에서 불과 몇십 센티미터 떨어져 있었다. 그녀는 칼날을 위로 향한 채 개의 배와 옆구리를 짧게 세 번 찔렀다. 날이 너무 쉽게 들어가 놀랐다. 작지만 잘 드는 칼이었다. 첫번째 공격에 개의 누런 듯 붉은 눈이 휘둥그레졌다. 두번째, 세번째 공격에 놈은 작은 강아지처럼 깨갱, 하고 가련한 고음을 내지르더니 꽉 물었던 배낭을 놓았다. 준은 그 소리에 고무되어서 다시 한번 소리지르며 한번 더 칼을 찔러올렸다. 그러나 개의 무게중심이 뒤로 움직이면서 빗나가고 말았다. 준은 팔을 휘두르느라 균형을 잃었다. 앞으로 고꾸라져 얼굴이 땅바닥에 닿았다.

칼을 놓쳤다. 목덜미가 노출되었다. 그녀는 한동안 어깨를 덜덜 떨며 팔다리를 움츠리고 두 손으로 얼굴을 가렸다. 이제 올 테면 와. 그 생각뿐이었다. 올 테면 오라고.

그러나 오지 않았다. 간신히 머리를 들었을 때 개들은 100미터쯤 밖에서 왔던 길로 뛰어가고 있었다. 그런 다음 모퉁이를 돌아서 가버렸다.

버나드는 십오 분쯤 뒤 길바닥에 앉아 있는 준을 발견했다. 그가 부축하자 그녀는 퉁명스럽게 개 두 마리를 만나 죽도록 무서웠다고, 돌아가고 싶다고 말했다. 그는 피 묻은 칼을 보지 못했고, 준은 칼 줍는 걸 잊었다. 그는 나바셀까지 가는 아름다운 하산길을 놓치는 게 얼마나 바보 같은 짓이냐고, 개들 따위는 자기가 처치할 수 있다고 말했다. 그러나 준은 벌써 걸어가버렸다.

그녀는 이런 식으로 갑작스러운 결정을 강요하는 사람이 아니었다. 준의 배낭을 집어들었을 때 그는 캔버스천에 곡선으로 찢어진 자국과 주르륵 흐른 거품을 보았지만 얼른 준을 따라잡아야 한다는 의지가 너무 강했다. 그가 왔을 때 준은 고개를 가로저었다. 그녀는 더 할말이 없었다.

버나드는 그녀를 멈춰 세우려고 팔을 잡아당겼다. "적어도 얘기나 해보자고. 이건 계획을 크게 바꾸는 거잖아." 준이 흥분한 게 눈에 보여 자신의 짜증은 자제하려 했다. 그녀는 팔을 홱 빼내고 발걸음을 재촉했다. 기계적인 걸음이었다. 버나드는 두 배낭의 무게 때문에 숨을 헐떡이며 다시 그녀를 따라잡았다.

"무슨 일 있었구나."

그녀는 침묵으로 동의했다.

"제발, 무슨 일인지 말 좀 해봐."

"못해." 그녀는 여전히 걸음을 늦추지 않았다.

버나드는 큰 소리를 냈다. "준, 이건 말도 안 돼!"

"나한테 말하라고 하지 마. 생모리스까지 가도록 도와줘, 버나드. 부탁이야."

그녀는 대답을 기다리지 않았다. 언쟁할 생각이 없는 듯했다. 버나드는 준의 이런 모습을 한 번도 본 적이 없었다. 그는 준이 하자는 대로 따르기로 급히 마음을 바꾸었다. 그들은 협곡 꼭대기로 돌아가 더위가 난폭하게 몰려드는 가운데 마을의 성탑을 향해 목장을 건너갔다.

티윌호텔에서 준은 계단으로 테라스에 올라가 라임나무의 드문드문한 그늘 아래 페인트칠한 함석 테이블 모서리를 꼭 붙잡고 앉았다. 마치 벼랑 끝에 매달린 듯이. 버나드는 맞은편에 앉아 첫번째 질문을 하려고 숨을 고르고 있었는데 그녀가 손바닥을 들어 보이며 고개를 저었다. 두 사람은 시트롱 프레세*를 시켰다. 기다리는 동안, 버나드는 애벌레 행렬에 대해 자세히 이야기하고는 외계에서 온 것 같은 다른 종들에 대한 단상을 떠올렸다. 준은 이따금 고개를 끄덕였지만 매번 적절한 타이밍인 건 아니었다.

호텔 주인인 마담 오리악이 음료를 가져왔다. 그녀는 모성이 넘치는 부지런한 여성으로, 두 사람은 그 전날 그녀에게 티기 윙클 부인**이라는 별명을 붙여주었다. 그녀는 1940년 독일군이 벨기에 국경을 넘어왔을 때 남편을 잃었다. 또한 젊은 영국인 부부가 신혼여행중이라는 말을 듣고 추가 요금 없이 욕실 딸린 방으로 객실을 바꿔주었다. 그녀가 쟁반에 담아온 것은 레몬주스 두

---

* 레몬주스.

** 베아트릭스 포터가 지은 동화 속 등장인물.

잔, 리카르* 로고가 찍힌 유리병에 든 물, 아직 배급 대상이었던 설탕 대신 꿀이 든 작은 접시였다. 그녀는 준이 유리잔을 조심조심 내려놓는 걸 보고 그녀에게 무슨 일이 있었다는 낌새를 챘다. 그리고 버나드보다 한발 앞서 준의 오른손을 보고는 외쳤다. "어머나, 심하게 다쳤네요, 가엾어라. 치료해줄 테니 나랑 같이 안으로 들어가요."

준은 고분고분했다. 마담 오리악은 일어서면서 준의 손을 잡았다. 부인이 이끄는 대로 호텔 안으로 순순히 들어가려던 순간 준은 얼굴을 일그러뜨리며 놀란 듯 비명을, 기이한 고음을 내질렀다. 버나드는 오싹해져 일어섰다. 당장 출산이나 유산처럼 여자들만의 엄청난 사건이 눈앞에서 벌어질 것 같았다. 좀더 침착한 마담 오리악이 젊은 영국 여인을 붙잡은 다음 그녀를 의자에 다시 앉혔다. 준은 무미건조하게 끅끅 흐느끼더니 결국 눈물을 쏟으며 아이처럼 엉엉 울었다.

다시 말을 할 수 있게 되자 준은 이야기를 들려주었다. 마담 오리악은 코냑을 가져오라 말하고 그녀 곁에 다가앉았다. 버나드가 테이블 너머로 준의 손을 잡았지만 그녀는 처음에는 그에게서 위안을 찾으려 들지 않았다. 사활이 걸린 순간 그 자리에

* 프랑스의 양조회사로, 이곳의 유리제품이 프랑스 전역의 카페에서 유행했다.

없었던 그를 아직 용서하지 않았고, 터무니없는 애벌레에 대한 묘사가 원망에 더욱 불을 지폈다. 하지만 이야기가 절정에 달했을 때 버나드의 경악과 자랑스러움에 찬 표정을 보고는 그의 손가락에 깍지를 끼었고, 버나드가 애정을 담아 손을 잡자 꼭 맞잡았다.

마담 오리악은 웨이터에게 시장님이 낮잠에 들었더라도 그를 모셔오라고 했다. 버나드는 준을 끌어안고 과감한 행동을 칭찬했다. 코냑이 그녀의 뱃속을 덥히고 있었다. 그녀는 그 경험이 끝났다는 걸 비로소 깨달았다. 그것은 아무리 나빠봐야 생생한 기억이었다. 그녀가 잘 헤쳐나온 이야기였다. 그녀는 안도감에 사랑스러운 버나드에 대한 애정을 기억해냈고, 면도도 하지 않고 낮잠이 중단되어 아직 정신이 맑지 못한 시장이 테라스 계단을 올라올 즈음 목격한 것은 마담 오리악이 미소짓는 가운데 축하하는 분위기의 행복한 커플, 목가적인 장면이었다. 곤히 자는 사람을 이른 오후의 햇살로 끌어낼 만큼 급한 일이 뭐였냐고 묻는 그의 질문은 짜증스러울 수밖에 없었다.

마담 오리악은 시장에게 어떤 힘을 발휘하는 듯했다. 시장이 영국인 부부와 악수를 나누자 그녀가 자리에 앉으라고 했다. 시장은 툴툴거리며 코냑을 받아들었다. 부인이 웨이터에게 커피를 끓여 내오게 하자 그는 기분이 좋아졌다. 진짜 커피는 흔치 않을 때였다. 이 커피는 짙은 색의 최고급 아라비아 원두로 내린 것이었다. 시장은 세번째로 잔을 들었다. 부 제트 앙글레(영국인들이시라고)? 아, 지금 클레르몽페랑에서 엔지니어링을 공부하는 우리 아들이 영국인 파견부대와 함께 참전했는데 언제나 하는 말이……

"엑토르, 그 얘기는 나중에." 마담 오리악이 말했다. "심각한 상황이 생겨서." 그러고는 준이 이야기를 반복하는 수고를 덜어주기 위해 자기가 대신해, 조금 미화한 이야기를 들려주었다. 그러나 개를 찌르기 전 실랑이하던 대목에서 준은 끼어들어야 한다는 생각이 들었다. 부인과 시장은 손을 내저으며 괜히 그럴 것 없다고 일축했다. 이야기 끝에 마담 오리악은 준의 배낭을 내밀어 보였다. 시장은 잇새로 휘파람을 불며 평결을 내렸다. "세 그라브(심각하군)." 두 마리 굶주린 들개는, 광견병에 걸렸는지도 모르는데다 그중 한 마리는 칼에 찔린 상처로 아직 예민하다면 공공의 위협이었다. 그는 술을 다 마시자마자 마을 사람들을 모아 협곡으로 보내서 개들을 총으로 쏘아버리겠다고 말했다. 나바셀에도 전화를 걸어 그쪽에서는 무슨 일을 할 수 있는지 알아보겠다고 했다.

시장은 곧 일어설 것 같더니 빈 잔을 들고 다시 자리에 앉았다.

"이런 일이 전에도 한 번 있었지." 그가 말했다. "지난겨울에.

기억나요?"

"난 못 들었는데." 마담 오리악이 말했다.

"지난번엔 한 마리였는데. 하지만 같은 상황, 같은 이유야."

"이유요?" 버나드가 물었다.

"그럼 몰랐단 말인가? 아, 세 윈 이스투아(굉장한 이야기인데)." 그가 잔을 내밀자 마담 오리악이 바에서 웨이터를 불렀다. 웨이터가 와서 마담 오리악의 귓가에 뭐라고 속삭였다. 그녀가 손짓하자 그는 의자를 끌어와 앉았다. 별안간 주방에서 일하던 마담 오리악의 딸 모니크가 쟁반을 가지고 나타났다. 그들은 모니크가 하얀 식탁보를 펼치고 빵 바구니와 뱅드페이* 두 병과 올리브 그릇, 식기를 놓을 수 있도록 유리잔과 커피잔을 들었다. 그늘진 테라스 너머 포도원에서 매미들이 뜨겁고 건조한 울음을 세차게 내질러댔다. 이제 시간은, 미디**에서는 공기와 빛에 버금가는 기본 요소인 오후 시간은 달콤한 여유 속에 모두를 의무에서 해방시키며 남은 하루를 향해 코발트색 둥근 하늘로 확장되며 너울너울 뻗어나가고 있었다.

새 잔에 와인을 가득 따른 시장이 입을 열 때 모니크가 테린드

* 프랑스에서 정한 등급 중 세번째 등급의 와인.

** 남프랑스 지역.

포르를 유약을 칠한 갈색 그릇에 담아 가져왔다.

"이곳은 처음엔 조용한 촌이었어. 그러니까 40년과 41년 말이야. 우리는 조직화가 느렸어. 뭐 역사적인 이유도 있고, 가족 간의 불화니 멍청한 논쟁 때문에 마디에르, 그런 강변 마을이 있어, 그 주위에서 형성되던 그룹에서 빠졌지. 그런데 42년 3월인가 4월에 앙투아네트 보급로가 생겼을 때 우리 중 일부가 협력한 거야. 세트 주변 해안에서 시작해 세란을 넘어 여기를 거쳐 세벤으로, 그 위쪽 클레르몽까지 이어지는 보급로였어. 피레네산맥과 스페인까지 동서로 뻗은 필리프 보급로와 만났고."

시장은 버나드의 의도적인 무표정과 준이 제 무릎만 물끄러미 바라보고 있는 것을 잘못 해석하고 얼른 간단히 설명했다.

"설명을 해주지. 가령, 우리의 첫번째 임무. 잠수함으로 무선 송신기가 카프다그드에 들어왔어. 우리 구역에서는 사흘 밤에 걸쳐 그걸 라바크리에서 르비강으로 옮겼어. 그후에는 어디로 가는지 알려 들지 않았고. 알겠나?"

버나드는 마치 이제야 모든 게 분명해졌다는 듯이 열심히 고개를 끄덕였다. 준은 계속 눈을 내리깔고 있었다. 두 사람은 각자가 맡았던 전쟁 관련 업무에 대해 그전에 이야기를 나눠본 적이 없었고, 1974년까지도 언급하지 않았다. 버나드는 다양한 루트로 보내는 물품의 재고를 관리했지만 앙투아네트처럼 작은 보급로에는 직접 관여한 적이 없었다. 준은 비시정부 당시 SOE*의 프랑스 활동 방침을 담당하는 자유프랑스군과 접촉하는 그룹을 위해 일한 적이 있지만 앙투아네트에 대해서는 아는 바가 없었다. 시장의 이야기를 듣는 내내, 버나드와 준은 서로 눈을 피했다.

"앙투아네트는 원활하게 돌아갔어." 시장이 말했다. "칠 개월 동안. 그 일에 엮인 사람은 우리 중 소수뿐이었어. 요원들과 무선통신사들을 북쪽으로 통과시켜줬지. 때로는 보급품뿐일 때도 있었고. 캐나다 조종사를 해안으로 보내주기도 했고……"

마담 오리악과 웨이터가 몸을 들썩이는 걸로 봐서 이들은 코냑을 기울이며 이 얘기를 수없이 들었거나, 시장이 허세를 부린다고 생각하는 모양이었다. 마담 오리악은 작은 목소리로 모니크에게 다음 메뉴에 대해 지시하고 있었다.

"그랬는데." 시장이 목소리를 높이며 말했다. "뭔가 잘못됐어. 누군가 입을 연 거지. 아르보라에서 두 명이 체포됐어. 밀리스**가 들어온 게 그때야."

웨이터는 공손하게 고개를 돌리더니 라임나무 밑동에 침을 뱉었다.

---

* 2차세계대전 당시 처칠이 만든 영국의 특수작전부.

** 비시정부가 조직한 친독 파시스트 민병대.

"놈들은 바로 보급로를 주목하더니 이 호텔에 자리잡고 주민 모두를 한 명씩 취조했어. 자랑스럽게 말하지만, 놈들은 아무것도 찾지 못했어. 아무것도. 그러곤 떠났지. 하지만 앙투아네트 보급로는 그걸로 끝이었어. 그때부터는 생모리스가 의심받았어. 우리가 협곡 너머 북쪽 루트를 통제한다는 게 갑자기 간파되었지. 우리는 더이상 가려진 존재가 아니었어. 놈들은 밤낮 여기서 죽치고 살았어. 정보원들을 끌어들였고. 앙투아네트는 죽었고 다시 시작하기는 어려웠지. 세벤의 마키*에서 한 남자를 이리로 내려보내서 논쟁이 벌어졌어. 우리가 고립되어 있는 건 사실이지만 감시받기도 쉽다는 걸 마키는 이해하지 못했어. 뒤쪽은 숨을 데라곤 없는 고원인데, 앞은 내려가는 길이 몇 개뿐인 협곡이고.

하지만 결국 우리는 다시 시작했고, 거의 즉시 우리 부발 박사가 여기서 체포됐어. 놈들은 박사를 리옹까지 끌고 갔지. 박사는 고문을 당했고 아무래도 입을 열기 전에 죽은 것 같아. 그가 떠나던 날 게슈타포가 도착했어. 개들을 데려왔지. 엄청나게 크고 흉측한 놈들이었는데, 산에서 마키의 은신처를 수색했다는군. 그렇다고 해도 난 놈들이 수색견이라는 말을 믿지 않았어. 놈들은 경비견이지 경찰견은 아니었으니까. 개들을 데려온 게슈타포

* 2차세계대전 당시 프랑스의 지하 게릴라 저항군.

는 마을 한가운데 있는 집을 접수하더니 사흘을 머물렀어. 뭘 원하는 건지 확실치가 않았지. 놈들은 돌아갔다가 열흘 후 다시 왔어. 그다음엔 이 주 후에. 놈들이 이 지역을 활보했는데 언제 어디서 나타날지는 전혀 알 수 없었어. 개들을 데리고 보란듯이 돌아다니면서 모두의 일에 간섭했지. 위협하려고 했던 거야, 효과가 있었고. 모두 그 개들과 주인에게 엄청나게 겁을 먹었어. 개들이 순찰을 도는 바람에 우린 밤에 돌아다니기도 힘들었어. 그리고 이때는 밀리스의 정보원들이 이미 확고히 자리를 잡았지."

시장은 두 번에 걸쳐 와인을 꿀꺽꿀꺽 마시고는 잔을 다시 채웠다.

"그때 우리는 개들의 진짜 용도를 알게 되었어. 적어도 여러 용도 중 하나를."

"엑토르……" 마담 오리악이 경고했다. "이건 좀……"

"먼저." 시장이 말했다. "다니엘 베르트랑 이야기를 해야 해."

"엑토르." 마담 오리악이 말렸다. "이 여자분은 그 얘기를 듣고 싶어하는 게 아냐."

하지만 시장에 대한 마담 오리악의 영향력은 술에 의해 사라져버리고 말았다.

"마담 베르트랑은 말이야." 그가 선언하듯 말했다. "이곳 사람들이 그 여자를 좋아한 적이 있었다고는 말할 수가 없지."

"다 당신과 당신 패거리 덕택이잖아." 마담 오리악이 조용히 읊조렸다.

"그 여자는 전쟁이 터진 후에 들어와서 이모한테 물려받은 마을 끝 작은 집에 들어앉았어. 1940년 릴 부근에서 남편을 잃었다는데 사실일 수도, 사실이 아닐 수도 있지."

마담 오리악은 고개를 절레절레 흔들었다. 그녀는 팔짱을 끼고 의자 깊숙이 몸을 묻고 앉아 있었다.

"우리는 의심을 품었어. 어쩌면 우리가 틀렸을지도……"

시장의 이 말은 마담 오리악에게 한 것이지만 그녀는 시장을 보지 않으려 했다. 그녀의 반발은 이제 분노 어린 침묵의 형태를 띠고 있었다. "그래도 전시에는 원래 그런 거니까." 그는 마담 오리악이 입을 열었다면 이 말은 그녀의 몫이라는 듯 과장된 손짓을 하며 덧붙였다.

"이방인이, 여자가 들어와 우리와 같이 사는데 아무도 그녀가 어디서 돈이 나는지 몰랐고, 아무도 나이든 마담 베르트랑이 조카 하나 언급하는 걸 들은 적이 없었던 거야. 게다가 그 여자는 주변에 너무도 무관심한 태도로 책만 잔뜩 쌓아두고 종일 부엌에 앉아서 보내는 거지. 물론 우리는 의심했지. 그 여자가 싫었고 그건 두말할 필요가 없었어. 그리고 내가 이런 얘길 다 하는 건 마담, 당신이"—준에게 하는 말이었다—"이것만은 알아줬으면 해서야. 지금까지 말한 모든 사정에도 불구하고 나는 1944년 4월 일어났던 그 일들을 끔찍하게 생각한다는 거. 아주 유감스러운 일이었지……"

마담 오리악이 코웃음을 쳤다. "허, 유감!"

그 순간 모니크가 커다란 질그릇인 카솔을 가져와 십오 분 동안은 모두 지당하게도 감사의 말을 하며 카술레에 집중했고, 만족스러워진 마담 오리악은 필수 재료인 거위 콩피를 어떻게 구했는지 얘기했다.

식사가 끝나자 시장은 이야기를 이어갔다. "어느 날 저녁 일을 마치고 서너 명이 바로 이 테이블에 앉아 있을 때였어. 마담 베르트랑이 우리를 향해 도로를 달려오고 있었지. 아주 안 좋아 보였어. 옷은 찢기고 코피가 나고 눈썹 위쪽이 찢어지고. 안 돼, 하면서 소리를 지르고 알 수 없는 말을 하면서 몸을 떨었어. 이리로 뛰어올라와서는, 저 계단으로 올라와서는 마담을 찾아 안으로……"

마담 오리악이 얼른 말했다. "게슈타포한테 겁탈을 당했어요. 미안해요, 마담." 그러곤 준의 손을 감싸쥐었다.

"우리 모두가 그렇게 생각했지." 시장이 말했다.

마담 오리악이 언성을 높였다. "그게 사실이고."

"하지만 우리가 나중에 알게 된 사실은 달랐어. 피에르와 앙리 소비가……"

"주정뱅이들!"

"두 사람이 직접 봤어. 듣기 힘들겠지만, 마담"—준에게 하는 말이었다—"놈들이 다니엘 베르트랑을 의자에 묶었대."

마담 오리악이 테이블을 탁 쳤다. "엑토르, 분명히 말해두는데, 그 얘긴 여기서 안 돼……"

하지만 엑토르는 이제 버나드에게 말하고 있었다. "그 여자를 겁탈한 건 게슈타포가 아니었어. 놈들이 이용한 건……"

마담 오리악은 벌떡 일어나 있었다. "내 식당에서 당장 나가. 다시는 여기서 먹지도 마시지도 못할 줄 알아!"

엑토르가 망설이다가 어깨를 으쓱하고는 의자에서 반쯤 일어났을 때 준이 물었다. "놈들이 이용한 게 뭐였는데요? 무슨 말씀이세요, 무슈?"

이야기를 하고 싶어 입이 근질거리던 시장은 이 직접적인 질문에 어쩔까 주저했다. "마담, 이걸 알아야 해. 소비 형제가 직접 두 눈으로, 창 너머로 목격한 건데…… 그리고 나중에 듣자니 리옹과 파리의 취조시설에서도 그걸 이용했었다더군. 간단한 진실인데, 동물을 훈련시켜서……"

마침내 마담 오리악이 폭발했다. "간단한 진실? 여기서 내가 유일하게, 이 마을에서 유일하게 다니엘을 알았던 사람이니 당신한테 간단한 진실을 말해주지!"

그녀는 꼿꼿이 서서 점점 더해가는 분노에 몸을 떨었다. 그녀의 말을 믿지 않을 수 없다고 생각했던 것이 버나드의 기억에도 남아 있다. 시장은 아직 엉거주춤한 채 움츠러든 모양새였다.

"간단한 진실은 소비 형제가 술주정뱅들이고, 당신과 당신 패거리는 다니엘 베르트랑을 싫어했다는 거야. 예쁘고 혼자 사는 다니엘이 당신네한테 무엇 하나 설명할 생각이 없었으니까. 그리고 다니엘한테 끔찍한 일이 일어났을 때 당신들은 게슈타포에 맞서 그녀를 도왔나? 아니, 오히려 놈들 편에 섰지. 당신들은 이 이야기로, 이 사악한 이야기로 그녀에게 수치심만 더 안겼어. 모두 두 술주정뱅이의 말을 기꺼이 믿더군. 그 이야기로 너무나 즐거워했지. 그것이 다니엘한테 한층 더 모욕을 안겼고. 당신들이 그 가련한 여자를 마을에서 쫓아냈어. 하지만 그녀는 당신들을 모두 합친 것보다 더 소중한 사람이야. 그리고 수치를 느껴야 하는 건 당신들이야. 당신들 모두, 특히 당신, 엑토르. 시장이라는 직위를 생각하면 말이야. 바로 그게 내가 지금 이 말을 하는 이유야. 그 구역질나는 이야기는 두 번 다시 듣고 싶지 않아. 알겠어? 다시는!"

마담 오리악이 자리에 앉았다. 그녀의 말에 대꾸하지 않음으로써 시장은 자기도 앉을 권리를 얻었다고 느끼는 모양이었다.

모니크가 그릇을 치우는 동안 침묵이 흘렀다.

그때 준이 목을 가다듬었다. "그럼 제가 오늘 아침 본 개들은요?"

시장이 조용히 말했다. "같은 개들이지, 마담. 게슈타포의 개들. 알다시피 얼마 가지 않아 모든 것이 변했어. 연합군이 노르망디에 상륙했지. 연합군이 돌파해나가자 독일군은 북쪽에 병력을 증강하기 시작했어. 이 지역에 있던 군대는 주민을 위협하는 것 말고 쓸모 있는 일이라고는 하지 않았으니 제일 먼저 동원되었지. 개들은 남아 야생에서 살게 되었고. 오래갈 거라고는 생각 안 했는데 양을 잡아먹으며 살더군. 개들이 그렇게 위협이 된 지 이 년이 되었어. 하지만 걱정 마요, 마담. 오늘 오후면 그 두 놈은 총살될 테니까."

기사도 정신 넘치는 약속으로 자존감을 회복한 시장은 다시 잔을 비우고 채운 다음 들어올렸다. "평화를 위하여!"

하지만 흘끗 보니 마담 오리악은 팔짱을 끼고 앉아 있었고 시장의 건배 제의에 대한 반응은 무성의할 뿐이었다.

코냑과 와인, 장시간에 걸친 점심 후 시장은 그날 오후 마을 사람들로 이루어진 수색대를 협곡으로 보내지 못했다. 다음날 아침까지도 잠잠했다. 버나드는 속이 탔다. 그는 프뤼나레드 고인돌 앞쪽으로 펼쳐진 산길에 아직도 미련을 버리지 못했다. 그는 아침식사를 하자마자 시장의 집으로 찾아가볼 생각이었다. 하지만 준은 안도했다. 그녀는 생각할 것이 있었고 힘든 산행은 더이상 그녀에게 맞지 않았다. 전에 느꼈던 집으로 가고 싶은 마음은 그 어느 때보다 강해졌다. 이제는 완벽한 구실이 있었다. 그녀는 그 개들이 죽은 걸 발치에서 본다 해도 나바셀까지 걸어갈 생각은 전혀 없다고 버나드에게 분명히 밝혔다. 그는 발끈했지만 그녀는 그도 이해한다는 걸 알았다. 그리고 준에게 아침을 직접 가져다준 마담 오리악도 이해했다. 그녀는 두 사람에게 남쪽의 라바크리 방향으로 가다가 산등성이로 올라간 다음 코스에서 내려와 레살스 마을까지 이어지는 '편안하고 아름다운' 길을 알려주었다. 거기서 1킬로미터도 못 가 생프리바가 나오고 그곳에 자기 사촌들이 사는데 아주 적은 숙박비로 하룻밤 편안히 묵어가게 해줄 거라고. 그런 다음 로데브까지는 하루 정도의 쾌적한 여정이 될 터였다. 간단해요! 그녀는 약도를 그리고 사촌들의 이름과 주소를 써주고는 물병을 채우고 두 사람에게 복숭아를 하나씩 주고 도로까지 나와 같이 조금 걷다가 뺨에 작별 키스—당시만 해도 영국인들에게는 이국적인 의식이었다—를 하고 특별히 준은 안아주었다.

생모리스와 라바크리 사이의 코스뒤라르자크 고원은 잡목이 무성한 서쪽의 황야보다는 실제로 더 편안하다. 나도 그 길을 여러 번 걸었다. 어쩌면 '마'라고 부르는 농가들이 서로 더 가까이 붙어 있는 온화한 분위기가 풍경에 영향을 미치는지도 모르겠다. 어쩌면 선사시대에 협곡과 수직을 이루며 강이 흐른 자리의 용식지형, 즉 폴리에의 오랜 영향인지도 모른다. 들장미가 터널을 이루다시피 한 800미터의 좁은 도로는 인공 못 옆으로 어느 들판을 지난다. 당시 그 들판에는 한 괴팍한 노파가 너무 늙어서 일을 못하는 당나귀들을 따로 데려다놓았다. 젊은 신혼부부가 그늘진 구석을 찾아 조용히—누군가 좁은 도로를 걷고 있을지 누가 알겠는가—이틀 전 밤의 달콤하고 편안한 밀회를 다시 시작한 것도 이 부근이었다.

두 사람은 늦은 오전에 마을에 들어섰다. 라바크리는 1865년 로데브에서부터 도로가 건설되기 전에는 코스와 몽펠리에 사이 마차가 오가는 주요 경로의 일부였다. 생모리스처럼 여기도 아직 호텔 식당이 있어서, 버나드와 준은 좁은 보도에 놓인 의자에 앉아 벽에 등을 기대고 맥주를 마시며 점심을 주문했다. 준은 다시 말이 없어졌다. 그녀는 자신이 보았던, 아니면 느꼈던 색색의 광채에 대해 말하고 싶었지만 버나드가 귀담아듣지 않을 게 분명했다. 시장의 이야기에 대해서도 얘기해보고 싶었지만 버나드는 시장의 말을 단 한 마디도 믿지 않는다는 걸 이미 분명히 해두었다. 언쟁을 하고 싶지는 않았지만 침묵은 서운함으로 이어졌고 서운함은 그후 몇 주 동안 커져만 갔다.

근처 주요 도로가 갈라지는 지점의 석조받침 위에 철십자가가 서 있었다. 영국인 신혼부부가 지켜보는 가운데 인부 한 사람이 새로운 이름 대여섯 개를 새겨넣고 있었다. 길 저편 문간의 컴컴한 구석에서 검은 옷차림의 젊은 여인도 지켜보고 있었다. 너무 창백해서 처음에 두 사람은 그녀가 무슨 소모성 질환을 앓고 있는 줄 알았다. 그녀는 전혀 움직이지 않은 채 머리에 쓴 스카프를 한 손으로 꼭 붙잡아 입을 가리고 있었다. 인부는 민망한 듯, 그녀를 등지고 일을 했다. 십오 분쯤 후 푸른 작업복 차림의 노인이 모직 슬리퍼를 끌며 나와 한마디 말도 없이 손을 잡고 그녀를 데려갔다. 호텔 주인이 나와 길 반대쪽과 빈자리를 가리켜 고갯짓을 했다. "트루아, 마리 에 되 프레르(셋이죠, 남편과 형제 둘)." 그리고 샐러드를 테이블에 올려놓았다.

덥고 점심까지 많이 먹어서 베르주리드테드나를 향해 힘겹게 산길을 올라가는 내내 이 음울한 일이 두 사람의 마음에 남았다. 두 사람은 산중턱에서 길게 뻗은 공터 앞 작은 소나무숲 그늘 아래 멈추었다. 버나드는 이 순간을 평생 기억하게 된다. 두 사람이 물병의 물을 마시는 동안 버나드에게는 최근 끝난 전쟁이 역사적, 지정학적 사실이 아니라 다수의 문제로, 무한에 가까운 개인들의 슬픔으로 다가왔다. 그것은 먼지처럼, 홀씨처럼 온 대륙을 뒤덮은 사람들 사이에 미세하게 나눠지는, 그러나 작아지지는 않는 가없는 비통이었다. 개체로서 그들은 영영 무명의 존재로 남을 것이며, 전체로서 그들이 상징하는 슬픔은 누구 하나 이해할 엄두조차 내지 못할 것이다. 남편과 형제 둘을 잃고 검은 옷을 입은 여인처럼 수십만, 수백만 명이 침묵 속에 무게를 지탱하고 있었다. 저마다 특별하고 미묘하고 애절한, 달라질 수도 있었던 사랑 이야기들이. 마치 전에는 전쟁에 대해, 전쟁의 대가에 대해 생각해본 적이 없는 것만 같았다. 그는 자기 일의 세부사항 때문에, 일을 잘해내느라 너무 바빴고 그의 넓은 시야는 전쟁의 목적과 승리, 통계수치상의 죽음, 통계수치상의 파괴와 전후 재건을 향해 있었다. 그는 처음으로 감정이라는 면에서 재앙의 규모를 감지했다. 이 모든 고유하고 외로운 죽음, 그 결과로 나타나는 역시 고유하고 외로운 슬픔, 그것은 국제회의나 헤드라인, 역사에서 발붙일 곳을 찾지 못하고 각자의 집으로, 부엌으로, 홀로 덩그러니 남겨진 침대로, 고통스러운 추억으로 조용히 물러나야 했다. 이런 깨달음이 1946년 랑그도크의 소나무 한 그루 옆에서 버나드에게 다가왔다. 준과 나눌 수 있는 단상이 아니라 깊은 우려로, 진실에 대한 인지로 나타났다. 그는 낙담한 나머지 침묵했고 뒤이어 의문을 품었다. 망각은 비인간적이고 위험하며 기억은 끝없는 고문이 될 터인데, 이런 먼지와 홀씨로 뒤덮인 유럽에서 어떤 선이 나올 수 있단 말인가?

준은 버나드가 이 순간을 어떻게 설명했는지 알고 있었지만 그녀 자신은 검은 옷의 여인을 기억하지 못했다. 나는 1989년 고인돌로 가는 길에 라바크리를 지날 때 기념비 초석에 새겨진 라틴어 인용구를 보았다. 전몰자의 이름은 없었다.

정상까지 올라갔을 때 두 사람은 다시 기분이 나아졌다. 12킬로미터 떨어진 협곡 쪽 경치가 근사했고, 지도를 짚듯이 오전에 걸어온 경로를 알아볼 수 있었다. 그들이 길을 잃기 시작한 지점도 여기였다. 마담 오리악의 약도로는 베르주리드테드나를 지나가는 길을 언제 벗어나야 하는지가 분명하지 않았다. 두 사람은 사냥꾼들이 타임과 라벤더 황야를 가로질러 낸 예쁜 오솔길에 매료되어 너무 빨리 길을 벗어났다. 불안하지는 않았다. 비바람에 탑과 부서진 아치 모양으로 깎인 백운석 노두가 여기저기 보였고, 지금은 예쁜 정원이 된 오래된 촌락의 옛터를 거니는 기분이었다. 두 사람은 맞는 방향이라고 생각하고 한 시간 이상을 기분좋게 헤맸다. 넓은 모랫길을 만나야 했고, 그 길을 벗어나면 파드라제 아래로 레살스까지 내려가는 가파른 오솔길이 나와야 했다. 최고의 지도가 있어도 찾기 힘든 길이었다.

오후가 저물자 두 사람은 피곤하고 신경이 날카로워졌다. 베르주리드테드나는 지평선에 자리잡은 길고 낮은 축사였고, 그곳으로 이어지는 낮은 언덕길을 터덜터덜 올라갈 때 서쪽에서 촉촉, 하는 이상한 소리가 들렸다. 그 소리는 점차 가까워지면서 수천 곳에서 들리는 아름다운 선율로 바뀌었다. 철금과 실로폰, 마림바가 격렬한 대위선율을 연주하며 겨루는 듯했다. 그 소리에 버나드는 차가운 물이 매끄러운 바윗돌 위로 똑똑 떨어지는 장면이 연상되었다.

두 사람은 황홀경에 빠져 길에 서서 기다렸다. 처음 눈에 띈 것은 낮게 걸린 태양의 아직 강렬한 빛에 반사된 황토색 먼지구름이었다. 그다음엔 양 몇 마리가 길모퉁이를 돌아나왔고, 양들은 갑작스러운 조우에 깜짝 놀랐지만 뒤에서 양떼가 강물처럼 밀려들어 돌아갈 수도 없었다. 버나드와 준은 바위 위로 기어올라가 먼지구름과 요란한 방울소리 가운데 서서 양떼가 지나가길 기다렸다.

뒤따라오던 양치기 개는 두 사람의 존재를 알아챘지만 관심을 기울이지 않았다. 베르제, 즉 양치기는 50미터쯤 뒤처져 있었다. 개와 마찬가지로 그도 이들을 봤지만 호기심이라고는 전혀 없었다. 준이 그의 앞으로 펄쩍 뛰어내려 레살스로 가는 길을 묻지 않았더라면 기껏해야 가볍게 고개만 끄덕이고 지나쳤을 것이다. 남자는 몇 걸음 더 가서야 완전히 멈추었지만 곧바로 입을 열지는 않았다. 그는 베르제들의 전통인 듯 콧수염을 짙게 길러 끝을 내려뜨리고 두 사람과 같은 챙 넓은 모자를 썼다. 버나드는 스스로가 가짜 같아서 제 모자를 벗어버리고 싶었다. 준은 그가 자신의 디종 억양 프랑스어를 못 알아듣는지도 모른다고 생각하며 했던 말을 천천히 되풀이했다. 베르제는 어깨에 두른 너덜너덜한 담요를 고쳐 메고는 양들 쪽으로 고갯짓을 하더니 양떼 맨 앞으로 서둘러 걸어갔다. 그가 웅얼거린 말을 알아듣진 못했지만 두 사람은 따라오라는 뜻이라고 생각했다.

이십 분 후 베르제는 소나무숲 틈새로 방향을 틀었고, 양치기개도 그 사이로 양떼를 몰았다. 버나드와 준도 서너 번 와본 길이었다. 숲을 빠져나오자 절벽 끝 작은 공터였다. 해는 낮게 저물어가고, 작은 보랏빛 산등성이들이 희미해지는 가운데 멀리 앞으로는 바다가 펼쳐져 있었다. 사흘 전 로데브 위쪽에서 아침 햇살 속에 경탄했던 바로 그 풍경이었다. 그들은 이제 내리막길이 시작될 고원 끝에 서 있었다. 이제 집으로 돌아갈 터였다.

짜릿한 마음으로, 자신의 인생과 제니의 인생, 나와 우리 아이들의 인생을 채우게 될 기쁨에 대한 흥분된 예감으로 준은 베르제에게 고맙다는 인사를 하려고 홱 돌아섰다. 절벽 앞의 좁은 공간이라 그 바람에 양떼와 딱 맞닥뜨렸다. 이미 개는 거대한 바윗덩이인 파드라제 밑의 좁은 자갈길로 양떼를 몰아 내려가고 있었다. "정말 아름다워요!" 준이 방울소리 속에서 외쳤다. 남자가 그녀를 보았다. 준의 말은 그에게 아무 의미도 없었다. 그가 돌아섰고, 그들은 그를 따라 내려갔다.

어쩌면 집으로 간다는 생각이 영향을 미쳤는지 모르고, 아니면 버나드의 보다 냉소적인 해석처럼 길을 내려오며 말수가 많아지기 시작했을 때 베르제는 이미 계획을 품고 있었는지도 모른다. 그가 설명하길 이처럼 이른 시기에 코스에서 양떼를 데리고 내려오는 것은 흔치 않은 일이었다. 목축 이동은 9월에 시작되었다. 하지만 그의 형이 얼마 전 오토바이 사고로 죽어서 몇 가지 일을 처리하기 위해 내려오는 길이라고 했다. 양떼 두 무리를 합치고 양을 얼마간 팔 터이며, 집도 팔아 빚을 청산해야 한다고 했다. 띄엄띄엄 이런 이야기를 하며 내려오다보니 그들은 참나무숲의 오솔길을 걷고 있었다. 남자의 삼촌 것이라는 폐가가 된 베르주리를 지나고 메마른 협곡을 넘어 털가시나무들을 지나 그들은 마침내 산등성이를 끼고 나왔다. 소나무로 뒤덮인 꼭대기 아래로는 양지바른 계단식 지대가 넓게 펼쳐졌고 그 아래 포도원과 참나무숲 골짜기가 보였다. 저 아래, 2킬로미터도 못 가서 실개천이 지나가는 작은 협곡 끝에 생프리바가 있었다. 계단식 지형 사이, 해가 지는 골짜기를 정면으로 바라보고 회색 돌로 지은 베르주리 하나가 편안히 자리잡고 있었다. 바로 옆 작은 들판으로는 양치기 개가 마지막 양 몇 마리를 그리로 몰아넣고 있었다. 북서쪽으로 휘어지듯 가파르게 솟은 절벽이 넓은 원형극장을 이룬 북쪽은 고원의 끝자락이었다.

베르제는 두 사람을 불러 베르주리 바깥에 앉히고 샘에 물을 받으러 갔다. 준과 버나드는 울퉁불퉁하고 따뜻한 벽에 등을 대고 돌턱에 앉아 해가 로데브를 향해 산 뒤쪽으로 가라앉는 광경을 지켜보았다. 석양이 자줏빛으로 변하는 사이 새로운 산들바람이 불어왔고 매미들은 울음소리를 바꾸었다. 두 사람 다 말이 없었다. 베르제가 와인병에 물을 가득 담아와 나눠 마셨다. 버나드는 마담 오리악이 준 복숭아를 잘라 나누었다. 아직 이름도 모르는 그 베르제는 할말을 다 했는지 원래의 자신으로 돌아갔다. 그러나 그의 침묵은 편안하고 친근했고, 그와 버나드 사이에 앉아 타오르는 서쪽 하늘을 바라보는 동안 준은 마음속에 평안과 여유가 퍼지는 걸 느꼈다. 만족감이 퍽 깊고 잔잔해서 실은 이제껏 행복을 모르고 살았다는 생각이 들었다. 이틀 전 밤 프뤼나레드 고인돌에서 경험한 것은 이 순간을 위한 전조였다. 낯모르는 사람들의 물질적 조건을 개선하겠다는 어지러운 대화, 선의, 계획에 가로막혀 있었을 뿐이다. 그때와 지금 사이에 놓인 것은 검은 개들, 그리고 이제 더는 볼 수 없지만 그녀의 기쁨을 뒷받침하는 타원형 광채였다.

고원의 높은 절벽 아래 웅크린 이 작은 땅뙈기에서 그녀는 안전했다. 그녀는 자기 자신으로 돌아왔다. 변화했다. 이것, 지금, 이곳. 분명 이것이 존재가 원하는 것이었고 이 순간을 있는 그대로 맛볼 기회는 흔치 않았다. 어두워져가는 부드러운 여름 공기, 발에 밟히는 타임의 향기, 배고픔, 해소된 갈증, 셔츠를 통해 느껴지는 따스한 돌벽, 입안에 남은 복숭아의 맛, 손의 끈적거림, 피로한 다리, 땀에 젖고 햇볕에 그을리고 먼지를 들쓴 피로, 이 어둑하고 사랑스러운 장소, 그리고 이 두 남자, 그녀가 알고 사랑하는 남자와 미더운 침묵을 지키며 그녀가 다음 단계로, 불가피한 그 단계로 나아가기를 기다리고 있는 게 틀림없는 또다른 다른 남자.

그녀가 베르주리 안을 볼 수 있는지 물었을 때 남자는 그 말이 채 끝나기도 전에 일어서서 북쪽 끝의 현관문으로 걸어갔다. 버나드는 너무 편안해서 움직이지 못하겠다고 말했다. 준은 베르제를 따라 완벽한 암흑 속으로 들어섰다. 그가 등을 하나 켜서 그녀를 위해 높이 들었다. 그는 한두 걸음 들어가다가 멈췄다. 밀짚과 먼지의 단내가 났다. 기다란 축사 같은 구조물은 경사진 지붕을 이고 있었고 1층과 2층을 나누는 아치형 돌 천장은 한쪽 구석이 무너져 있었다. 바닥은 발길에 다져진 흙이었다. 준은 말없이 일 분 동안 서 있었고 남자는 참을성 있게 기다렸다. 그녀가 마침내 돌아서서 "콩비엥(얼마예요)?" 하고 물었을 때 그는 곧바로 가격을 말해주었다.

35파운드에 해당하는 가격이었고, 8000제곱미터의 대지가 딸려 있었다. 준은 고향에 저축한 돈이 충분했지만 다음날 오후가 되어서야 용기를 그러모아 버나드에게 자신이 무슨 일을 했는지 말할 수 있었다. 놀랍게도 그는 먼저 영국에 집을 사야 한다거나 곳곳에 집이 없는 사람이 그토록 많은데 집을 두 채나 소유하는 건 부도덕하다는 이성적인 주장을 속사포처럼 쏟아내지 않았다. 이듬해 제니가 태어났고 준은 1948년 여름에 이곳저곳 소소하게 수리한 뒤에야 베르주리에 다시 갔다. 가족의 규모가 커지면서 그 지역 스타일로 몇 군데 증축을 했다. 1955년에는 샘에 제대로 된 수도꼭지를 달았다. 1958년에는 전기공사를 했다. 몇 년에 걸쳐 준은 테라스를 수리하고 좀더 작은 샘에 수도를 설치해 직접 가꾼 복숭아와 올리브 과수원에 물을 대고, 산등성이에 자라는 회양목 덤불에는 예쁘고 아주 영국적인 미로를 만들었다.

1951년 셋째 아이가 태어난 후, 준은 프랑스에서 살기로 했다. 대부분의 시간 동안 그녀가 아이들을 데리고 있었다. 이따금 아이들은 오랫동안 아버지와 런던에서 지내기도 했다. 1957년에는 생장드라블라키에르에 있는 동네 학교에 다녔다. 1960년 제니는 로데브에 있는 리세*에 들어갔다. 트리메인 가의 아이들은 어린 시절 내내 기차에서 만난 친절한 여인들과 무뚝뚝한 유니버설 앤츠**의 인도를 받아 영국과 프랑스를 오가며, 함께 살고 싶어하지도 헤어지지도 않는 부모 사이에서 지냈다. 악과 신의 존재를 믿었으며 그 둘은 공산주의와 양립할 수 없다고 확신했던 준이 버나드를 설득할 수도, 떠나보낼 수도 없다는 걸 확인했기 때문이다. 한편 버나드는 준을 사랑했지만 사회적 책임을 도외시하는 그녀의 폐쇄적인 삶에 분노했다.

버나드는 공산당을 떠나 수에즈위기*** 당시 '이성의 목소리'가 되었다. 나세르의 전기를 써서 주목받고, 곧 BBC 토론 프로그램에 출연해 활발하고 수용할 만한 급진주의자가 되었다. 1961년 보궐선거에서 노동당 후보로 출마했다가 명예롭게 패했다. 1964년에는 다시 한번 도전해 당선되었다. 딸이 버나드의 영향을 너무 받을까 염려한 준이 집을 떠나는 아이에게 부모들이 흔히 그러듯 조언 가득한 옛날식 편지를 썼던 것도 이 무렵 제니의 대학 첫 학기 때였다. 편지에서 준은 '헌신적인 지식인들이 사회변화

---

* 국공립 중고등학교.

** 영국 안팎에서 보모나 가사 도우미 서비스를 제공하는 회사와 그 사원.

*** 1956년 당시 영국 회사가 운영하던 수에즈운하를 이집트 대통령 나세르가 점령하고 국유화하며 발생한 갈등.

를 구축한다고 생각하는' 추상적인 원칙들을 자신은 믿지 않는다고 썼다. 믿을 수 있는 것은 '단기적, 실용적이고 실현 가능한 목표들뿐'이라고. '모두가 무엇보다 영적으로, 그리고 필요한 경우 물질적으로 각자의 삶을 책임지고 또 개선해나가야 한다. 나는 개인의 정치적 관점은 전혀 관심 없다. 내가 보기에는 작년에 런던에서 만났던 휴 월(버나드의 정치적 동지)도, 그날 저녁식사 내내 동석한 다른 사람들의 말을 가로막던 그자도 자기가 그렇게 싫어하는 독재자들과 하등 다를 바 없다……'

준은 평생 세 권의 책을 썼다. 50년대 중반에 『신비한 은혜—아빌라의 성녀 테레사 저작선』을, 십 년 후 『랑그도크의 야생화』, 그리고 이 년 뒤 짧은 실용적 팸플릿 『열 가지 명상』을 냈다. 세월이 갈수록 런던행은 점차 줄어들었다. 그녀는 베르주리에 남아 공부하고 명상하고 집과 주변을 가꾸며 보냈다. 1982년 병으로 영국에 돌아갈 수밖에 없게 되었을 때까지.

나는 최근 1987년 여름 준이 세상을 떠나기 한 달 전 마지막 대화를 나눴을 때 쓴 메모 두 페이지를 발견했다. "제러미, 그날 아침 나는 악과 정면으로 맞섰어. 당시에는 나도 잘은 몰랐지만 공포 속에서 그걸 감지했던 것 같아. 이 개들은 타락한 상상력이, 어떤 사회이론으로도 설명할 수 없는 변태적인 정신이 만들어낸 산물이었어. 내가 말하는 악은 우리 모두의 내부에 살고 있지. 그것은 개인의 내면에, 사적인 생활 속에, 가정에 뿌리를 내리고, 그 결과 가장 고통받는 건 아이들이야. 그다음엔 조건이 적당할 때 다른 나라에서, 다른 시기에 끔찍한 잔혹성이, 생명을 억압하는 사악함이 터져나오고 모두 자기 안에 있는 증오의 깊이에 놀라는 거야. 그러면 그것은 다시 가라앉아 때를 기다리지. 그것은 우리 마음속에 있는 무언가야.

나를 괴짜라고 생각한다는 거 알아. 그래도 괜찮아. 이게 내가 아는 사실이니까. 인간의 본성은, 인간의 마음, 정신, 영혼, 의식, 뭐라고 부르든 그것은 결국은 우리가 개선해나가야 하는 거야. 그것을 발전하고 확장해나가지 않으면 우리의 비참함은 결코 줄어들지 않을 테니까. 내가 발견한 작은 사실은 이런 변화가 가능하다는 거야. 우리에겐 그럴 힘이 있어. 내면세계의 혁명 없이—아무리 느리다고 해도—거창한 설계가 다 무슨 소용이야. 서로 평화롭게 공존하기 위해 우리가 해야 할 일은 자기 자신에게 있어. 평화로운 공존이 실현될 거라는 뜻은 아니야. 그러지 못할 가능성이 높지. 내 말은 그게 우리의 유일한 기회라는 거야. 그런 일이 일어나면, 여러 세대가 걸릴 수도 있지만 거기서 흘러나오는 선이 우리 사회를 만들어갈 거야. 계획도 예측도 못한 방식으로, 어느 특정 집단이나 사상의 통제를 받지 않고 말이지……"

이 부분을 다 읽자마자, 버나드의 유령이 내 앞에 나타났다. 그는 긴 다리를 꼬고 양 손끝을 맞댔다. "악과의 정면 대결? 그날 이 여자가 겪은 일이 뭔지 내가 말해주지. 점심 대접 한번 잘 받고 촌동네 뜬소문을 들었던 것뿐이야. 내면세계라, 사워, 어디 배곯으면서 내면세계 한번 찾아보라지. 아니면 깨끗한 물 없이. 아니면 단칸방에 일고여덟 명이 같이 기거하면서 말이야. 아, 그리고 물론 누구나 프랑스에 집 한 채가 더 있을 때도. 이 복작거리는 작은 지구에서 세상일이 돌아가려면 우리에게는 반드시 사상이 필요해, 그것도 아주 죽여주는 사상이!"

준이 숨을 가다듬었다. 두 사람은 다시 맞설 채비를 했다.

준이 세상을 떠난 후로, 우리가 베르주리를 물려받았고 제니와 나와 아이들은 늘 휴가를 거기서 보냈다. 나는 여름 저물녘의 자줏빛 잔양 속에서 준이 쉬던 능수버들 아래 해먹에 홀로 앉아 있을 때면 그 모든 세계사와 개인사의 힘에, 결국 이곳이 우리 소유가 되기까지 작용하고 결합한 그 크고 작은 물결에 경탄하는 자신을 발견했다. 세계대전이 있었고, 전쟁 끝 무렵 자유를 시험하고 싶어 안달났던 젊은 커플이 있었고, 차를 태워준 정부 관리와 레지스탕스 운동과 아프베어,* 주머니칼, 마담 오리악이

* 나치 독일의 군 첩보기관.

알려준 '편안하고 아름다운' 산길이 있었고, 오토바이 사고로 죽은 젊은이와 그의 양치기 동생이 갚아야 했던 빚이 있었다. 그리고 준은 이 햇빛 찬란한 작은 땅에서 안정과 변화를 찾았다.

그러나 내가 가장 자주 다시 생각하는 것은 두 마리의 검은 개다. 내 행복을 그 개들에게 빚졌다고 생각하면 곤혹스러운 느낌이 든다. 특히 그 개들을 동물이 아니라 영적인 사냥개로, 그 현신으로 생각해보면 더욱 그렇다. 준은 사는 내내 그 개들을 종종 보았다고, 까무룩 잠들기 전 몇 초 동안 망막에 맺힌 개들이 정말로 보인다고 내게 말했다. 그들은 비스강 협곡으로 이어지는 오솔길로 뛰어가고, 큰 놈은 하얀 돌 위에 핏자국을 남긴다. 놈들은 그림자의 경계를 넘어 햇빛이 결코 닿지 않는 곳으로 깊숙이 들어가고, 붙임성 있는 시장은 술에 취해 개들을 뒤쫓도록 사람들을 보내지 않을 것이다. 개들은 한밤중에 강을 건너고 코스를 건너 반대쪽 위로 헤치고 나아갈 터이므로. 그리고 잠이 쏟아지면서 개들은 새벽 잿빛 어스름 속 검은 얼룩이 되어 그녀로부터 서서히 멀어지며 산기슭 안으로 들어가 희미해진다. 그러다 그곳으로 돌아와 우리 곁에 유령처럼 출몰해 떠돌 것이다. 유럽 어딘가에서, 언젠가는.

작가의 말

이 소설에 등장하는 장소들은 실제 프랑스 마을이지만, 인물들은 전적으로 허구이며 현존하거나, 또는 사망한 실제 인물들과 전혀 관련 없다. 시장의 이야기와 시장 자신은 역사적 사실에 근거한 것이 아니다.

지은이 **이언 매큐언**

1948년 영국 서리 지방 알더샷 출생. 1970년 서식스대학교 영문학부를 졸업한 후 이스트 앵글리아대학교에서 문학 석사 학위를 받았다. 1975년 『첫사랑, 마지막 의식』으로 데뷔했고, 이 책으로 서머싯 몸 상을 수상했다. 1998년 『암스테르담』으로 부커 상을, 2001년 출간한 『속죄』로 LA 타임스 도서상, 전미비평가협회상 등을 수상했다. 2000년 영국 왕실로부터 커맨더 작위를 받았고, 2011년 예루살렘 상을 수상했다.

옮긴이 **권상미**

한국외국어대학교와 동대학교 통역번역대학원을 졸업한 뒤 캐나다 오타와대학교에서 번역학 석사 학위를 받았으며 박사과정을 수료했다. 캐나다에 살면서 넷플릭스 글로벌라이제이션 팀의 프리랜스 링귀스트로 일하며 문학 번역과 회의 통역을 병행하고 있다. 옮긴 책으로 『올리브 키터리지』 『네가 있어준다면』 『이렇게 그녀를 잃었다』 『드라운』 『오스카 와오의 짧고 놀라운 삶』 『일요일의 카페』 『사소한 것의 사랑』 『빌 브라이슨 발칙한 유럽산책』 『빌 브라이슨 발칙한 미국 횡단기』 등이 있다.

문학동네 세계문학

검은 개

초판 인쇄 2019년 5월 10일 | 초판 발행 2019년 5월 24일

지은이 이언 매큐언 | 옮긴이 권상미 | 펴낸이 염현숙
책임편집 박아름 | 편집 황문정 유현경
디자인 김이정 이원경 | 저작권 한문숙 김지영
마케팅 정민호 정진아 함유지 김혜연 박지영 김수현 | 홍보 김희숙 김상만 이천희
제작 강신은 김동욱 임현식 | 제작처 한영문화사(인쇄) 경일제책사(제본)

펴낸곳 (주)문학동네
출판등록 1993년 10월 22일 제406-2003-000045호
주소 10881 경기도 파주시 회동길 210
전자우편 editor@munhak.com | 대표전화 031) 955-8888 | 팩스 031) 955-8855
문의전화 031) 955-8862(마케팅) 031) 955-2654(편집)
문학동네카페 http://cafe.naver.com/mhdn | 트위터 @munhakdongne
북클럽문학동네 http://bookclubmunhak.com

ISBN 978-89-546-5603-0 03840

www.munhak.com